Dérapages inattendus

Nouvelles

Photo couverture : Gautier Rogge

© 2022, Rogge Jean-Luc

Édition : BoD – Books on Demand,
12/14 rond-point des Champs-Élysées, 75008 Paris

Impression : BoD - Books on Demand, Norderstedt, Allemagne

ISBN : 978-2-3224-1114-6

Dépôt légal : Janvier 2022

Nouvelle édition revue et corrigée par l'auteur.
1ère publication juin 2017

Merci à Solène pour sa précieuse collaboration

Du même auteur :

- *Histoires singulières*
- *Histoires à vivre avec ou sans vous*
- *Histoires fâcheuses*
- *De bien curieuses histoires*
- *Fractures familiales*
- *Rien de grave, je t'assure*

Jean-Luc Rogge

Dérapages inattendus

Nouvelles

Pauvre Jack

Samedi matin, un peu avant sept heures, alors que nous étions encore profondément endormis, Élodie a surgi dans notre chambre, a sauté sur le lit et, tout en nous secouant avec force, s'est écriée :

— Papa, maman, Jack est mort. Jack est mort !

Pas deux secondes plus tard, avant même que j'aie pu tenter de prendre conscience de ce qui se passait, Aline s'était relevée et s'évertuait déjà, par des mots doux et apaisants, à réconforter notre fille en la serrant dans ses bras.

À cet instant, encore à moitié endormi, ma première pensée fut que, décidément, la vivacité surprenante de mon épouse me sidérerait toujours.

Puis, j'ai respiré profondément, j'ai ouvert les yeux, je me suis redressé sur les coudes et, la bouche pâteuse, je lui ai demandé :

— Comment est-ce arrivé ?

Tout en hoquetant, Élodie a répondu :

— Je ne sais pas. Quand je me suis réveillée, il était dans son panier à mes côtés, comme d'habitude. Je pensais qu'il dormait mais, quand je l'ai caressé, il n'a pas réagi.

Elle s'est interrompue quelques secondes, le temps de s'essuyer, du revers de la main, la morve qui lui coulait sur les lèvres, puis elle a poursuivi :

— Il est froid. Il est tout froid. Il est mort. Jack est mort. C'est horrible.

Tâchez de faire comprendre, à ce moment, à votre gamine de huit ans, sans qu'elle ne vous saute à la gorge, qu'une telle mort n'a rien d'horrible ! Que son chien vient, par je ne sais quelle grâce, d'obtenir ce dont ne peuvent que rêver la majorité des humains : une disparition sans souffrances, après une vie bien remplie, avant que la maladie, inévitablement, ne le rattrape.

— Ne sois pas triste, il est entré au paradis des chiens, me suis-je donc contenté de lui dire, sans trop réfléchir, pour l'apaiser.

— Tu n'es qu'un menteur, papa. Tu sais bien qu'on vient du néant et qu'on y retourne. Tu me répètes assez que je ne dois pas croire à toutes ces sornettes de curés, a-t-elle répondu, entre deux sanglots, en me toisant méchamment.

Dès lors, tout en la regardant d'un air contrit, je me suis dit, satisfait, que, malgré son jeune âge, ma gamine était déjà un sacré petit bout de femme.

Au même moment, Aline a levé les yeux vers moi et, un petit sourire aux lèvres, a soulevé les sourcils et haussé les épaules.

Réjoui, je me suis félicité de vivre avec ces deux êtres chéris et, après avoir enfilé pull et pantalon, je les ai laissées à leurs câlins pour aller m'enquérir de l'état de ce brave Jack.

***

« Merde, raide comme tu es, vieux compagnon, sûr que tu n'es plus de ce monde », me suis-je dit en le découvrant.

Et, totalement pétrifié, je suis resté de longues minutes à observer sa dépouille...

Rien !

Plus rien !

Plus rien qu'une masse inerte !

Et, sans que je puisse les retenir, les larmes ont commencé à couler le long de mes joues.

« Grégoire, t'es une vraie jeannette, ta sensibilité te perdra », ai-je pensé alors, un peu honteux.

Puis, je me suis repris et je me suis décidé à agir.

À agir vite.

Très vite !

Dès lors, après l'avoir enveloppé, tant bien que mal, dans sa couverture préférée, j'ai saisi mon vieux labrador de trente kilos à bout de bras et je me suis dirigé, d'un pas décidé, vers le fond du jardin, situé à une bonne cinquantaine de mètres.

Cet effort, relativement bref mais intense, m'a essoufflé plus que je ne l'aurais imaginé mais, après avoir pas mal ahané, j'ai réussi malgré tout à atteindre le petit coin favori de ce cher Jack, celui où il aimait tant faire la sieste, entre deux peupliers, tout au bout de la propriété.

Et là, avec beaucoup de précaution, je l'ai posé sur le sol humide.

Ensuite, après un moment de récupération, je suis allé chercher une bêche dans la remise et, armé de cet outil efficace, je me suis mis à creuser la terre énergiquement.

Seulement, comme il avait beaucoup plu les jours précédents, le sol argileux s'est vite transformé en un mélange coulant et visqueux et, à force de fouir, j'ai vite senti les forces m'abandonner et mes mains s'ankyloser.

« Bordel, ce n'est tout de même pas un trou d'un petit mètre de profondeur qui va t'arrêter », me suis-je dit alors pour m'encourager !

Et, malgré des douleurs de plus en plus violentes qui me tiraillaient le bas du dos, j'ai persévéré.

Mais, soudain, tandis qu'il ne me restait plus qu'une bonne vingtaine de centimètres d'argile à retirer pour obtenir un semblant de tombe respectable, j'ai senti une résistance anormale à mon coup de bêche.

« Zut ! une pierre », ai-je pensé en me redressant.

J'en ai profité pour souffler un instant et je me suis essuyé le front, trempé de sueur, avec le seul mouchoir propre que j'avais en poche.

Puis, ce bref moment de répit passé, je me suis accroupi pour tenter de dégager ce foutu caillou encombrant. J'ai enfoncé mes mains dans la mélasse ocre inondant le fond de l'excavation et, à l'aveugle, j'ai saisi la masse dure et j'ai tenté de l'extraire.

Une fois...

Deux fois...

Dix fois...

Mais, j'avais beau tirer de toutes mes forces, rien ne bougeait !

Découragé et proche de l'épuisement, je songeais, en définitive, à abandonner quand, brusquement, la résistance a cédé et m'a, de ce fait, projeté en arrière.

« Saloperie », me suis-je dit, hors de moi, en me retrouvant le pantalon et les bottines détrempés, ainsi que le cul dans la flotte.

Et c'est là, à cet instant précis, que tout bascula !

Car là, alors que j'en étais encore à grommeler dans ce foutu trou, je me suis aperçu que je tenais... un crâne humain dans les mains !

— Tout va bien ? m'a demandé Aline.

Surpris, j'ai relevé la tête.

Avec le soleil qui m'éblouissait, j'ai cru apercevoir deux spectres. Elles étaient côte à côte, indistinctes, se tenant la main, en chemise de nuit blanche, à m'observer.

Instinctivement, j'ai relâché le crâne.

Ploc !

« Greg, un crâne, deux spectres ! Tu dérailles mon vieux ».

Il fallait que je me ressaisisse très vite.

— Il y a trop d'eau, faudra attendre que cela sèche un peu.

— On ne va quand même pas l'enterrer sans cercueil ? a demandé Élodie.

Aussitôt, j'ai saisi l'occasion qui se présentait à moi de les éloigner pour un petit temps et je lui ai répondu :

— T'as raison, habillez-vous vite toutes les deux et filez en ville pour tenter de dénicher une caisse de bois qui pourrait convenir.

Et alors qu'Élodie, ravie de la mission que je venais de lui confier, emmenait déjà sa mère vers la maison, celle-ci s'est retournée et m'a lancé, souriante :

— Tu me paieras ça, mon salaud !

D'un mouvement de la main, je lui ai envoyé un baiser.

Selon toute vraisemblance, j'avais maintenant un peu plus de deux heures devant moi !

***

Dès que le bruit du moteur de la voiture d'Aline s'est estompé au loin, je me suis précipité dans l'abri de jardin pour y chercher un seau et une écuelle et, tel un naufragé dont l'embarcation prend l'eau, j'ai commencé à écoper frénétiquement la fosse.

Le liquide jaunâtre enfin évacué, j'ai récupéré le crâne et j'ai pris le temps de l'analyser consciencieusement.

Sans guère de résultats, hélas, car, à cet instant de ma contemplation j'ai pu conclure, tout au plus, à la présence d'une dentition complète dans la mâchoire.

« Décidément, n'est pas paléontologue qui veut ! » me suis-je dit, un peu bêtement.

Alors, saisi d'une frénésie sidérante d'exploration surgie de je ne sais où, j'ai commencé à recreuser. D'abord très prudemment, très lentement, puis, de plus en plus rapidement ! Soudainement obsédé, j'ai travaillé mécaniquement, sans réfléchir et, dans ces conditions curieuses, j'ai réussi, comme dans une pêche miraculeuse, à arracher, un à un, de nombreux autres ossements à la terre.

En définitive, après plus d'une heure de fouille ininterrompue, je me suis retrouvé avec, dispersé sur la pelouse, un squelette humain, en pièces détachées certes, mais pas loin d'être complet.

Mon exaltation est alors retombée et je me suis calmé mais, quand il m'a bien semblé, aux dimensions de l'ossature, que la personne enterrée dans ma propriété devait être un enfant, j'ai commencé à flipper sérieusement.

D'un coup, cette constatation horrible m'a ramené sur terre et je me suis demandé si je devais prévenir la police.

Après mûre réflexion, je me suis dit que tout ceci était, somme toute, une très vieille histoire et j'ai jugé préférable de patienter. J'ai donc fourré tous les ossements déterrés dans un vieux sac de jute que j'ai ensuite transporté sur le grenier de notre maison, grenier seulement accessible, élément important à mes yeux, par une échelle repliable, dont ni Aline ni Élodie ne savaient se servir.

Ensuite, exténué tant physiquement que psychiquement, je me suis fait couler un bain pour me détendre et j'ai pu enfin reprendre mes esprits et essayer de comprendre.

Comprendre comment un cadavre pouvait avoir été enterré dans notre jardin, sans que quiconque dans la famille s'en aperçoive ou s'en émeuve, et cela alors que le terrain nous appartient depuis plus de quarante-cinq ans déjà !

***

Tourmenté par cette énigme, allongé immobile les yeux clos dans l'eau chaude, les souvenirs ont alors afflué sans tarder dans ma tête et m'ont permis de remonter le temps :

« C'est au début des années soixante-dix que Jean-Philippe, mon père, ancien avocat réputé du barreau de Bruxelles, a fait construire cette villa près d'Ellezelles — le village des sorcières — en plein cœur du réputé pays des collines.

Âgé de quarante ans à l'époque, il venait de s'unir, en secondes noces, à Sophie, ma mère, de dix ans sa cadette. Sa première épouse, avec laquelle il était d'ailleurs en instance de divorce et qui n'avait pu lui assurer de descendance, était décédée dans un accident de voiture deux ans auparavant sur le ring de Bruxelles et, le temps du veuvage passé, plus rien ne s'opposait donc à ce qu'il officialise enfin son union avec maman, sa maîtresse attitrée depuis des années. En fait, les tourtereaux étaient tombés bien plus tôt sous le charme de cette région, au cours d'une balade en amoureux, et ils s'étaient promis de s'y installer dès que « les circonstances » le permettraient.

La villa, située sur un promontoire, offre une vue superbe sur les champs de la vallée qui s'étendent à ses pieds, et la propriété, d'un peu plus de trois hectares, respire la tranquillité.

Deux ans après leur emménagement, fruit de leur idylle, j'ai vu le jour dans cette oasis de paix.

Par la suite, mon enfance de fils unique, dans cette famille aisée, fut heureuse et sans histoires.

Distants et plutôt hautains, mes parents n'avaient guère de fréquentations avec les habitants de la région. Ceux-ci les considéraient un peu comme des intrus de Bruxelles venus occuper leurs terres. Cela amusait mes parents. Ils en riaient beaucoup avec leurs nombreux amis qui débarquaient souvent de la capitale, le week-end, pour faire la fête. Il faut dire que la place ne manquait pas dans la demeure puisque cinq chambres étaient à disposition exclusive des hôtes.

En 1995, à vingt-trois ans, mon diplôme d'ingénieur en poche, j'ai quitté le foyer familial, dans lequel je m'étais d'ailleurs pleinement épanoui, pour voler de mes propres ailes. Installé à l'étranger, je ne suis, par la suite, revenu que très épisodiquement à la maison.

Longtemps célibataire, j'ai rencontré Aline, jolie brune aux yeux verts, en 2004 à Lyon. Le coup de foudre fut réciproque et nous nous sommes mariés l'année suivante.

Coïncidence : tout comme mes parents, une différence d'âge de dix ans nous sépare.

« Heureux présage ! », m'étais-je réjoui à l'époque.

Je me souviens encore de la fierté de mon père lors de nos noces ainsi que de son discours mémorable, au cours du dîner, dans lequel il confia à tous sa hâte de devenir grand-père.

« Étonnant, avais-je pensé, de la part d'un homme toujours resté distant avec son propre fils. »

Malheureusement pour lui, six mois plus tard, deux jours avant de fêter son soixante-seizième anniversaire, mon père fut victime d'un accident vasculaire cérébral dont il ne sortit pas indemne et, aujourd'hui encore, son état, aussi bien physique que mental, nécessite un sérieux suivi médical. Pour cette raison, il réside depuis sa sortie de clinique, voilà environ dix ans maintenant, dans une seigneurie médicalisée à Knokke, à la côte belge.

À la même époque, afin de s'éviter d'incessants allers-retours, maman a préféré suivre son mari et elle s'est, dès lors, acheté un appartement dans cette station balnéaire, non loin de la digue.

Aline et moi avons profité de l'aubaine et, depuis leur départ pour le littoral, nous habitons la villa. En 2008, Élodie, tout comme moi auparavant, y est née. »

À ce moment, un frisson m'a secoué et ramené dans le présent. Transi de froid, je suis sorti de l'eau et, tout en m'essuyant énergiquement, je me suis alors posé cette question :

« Est-il raisonnable d'imaginer que ce cadavre puisse avoir été enterré ici, à même la terre, avant que mes parents achètent la propriété, soit depuis près de cinquante ans, alors que les os de son squelette sont encore aujourd'hui aussi durs et presque intacts ? »

J'en étais là dans mes réflexions quand j'ai entendu la voix d'Élodie qui me lançait :

— Papa, papa, nous sommes revenues. On a la caisse.

***

En fin d'après-midi, alors que le soleil radieux de cette première belle journée de début de printemps s'évanouissait à l'horizon, nous nous sommes rendus tous les trois près de la tombe destinée à notre labrador afin de lui rendre un dernier hommage au cours d'une courte cérémonie. Je trouvais cette célébration incongrue mais Aline avait insisté pour que nous prenions congé dignement de ce vieil ami qui nous avait accompagnés plus d'une décennie.

Un peu plus tôt, j'avais installé Jack, recouvert de sa couverture, dans la petite malle d'osier qu'Aline avait dénichée avec Élodie dans une brocante au cours de la matinée. Quand mon épouse m'a demandé soudainement s'il était permis d'enterrer son chien dans sa propriété, j'ai haussé les épaules.

« On y enterre bien des humains », me suis-je dit, intérieurement.

Aline s'est d'abord chargée de l'oraison funèbre de ce cher Jack et Élodie a lu ensuite un poème. Puis, nous avons entonné, dans un improbable trio, un chant d'adieu, pendant lequel aucun de nous n'a pu retenir ses larmes.

Bien que tout ce tralala pour un animal puisse paraître dérisoire et insensé, j'étais, pour ma part, fier de l'attitude de ma femme et de ma fille, unies dans un noble recueillement.

Mais il a bien fallu en finir. Je suis donc descendu dans la petite fosse avec la malle quand, alors que je la déposais sur le sol, j'ai cru remarquer un objet scintillant à mes pieds. Tant bien que mal, l'air de rien, je me suis abaissé et j'ai posé la main négligemment par terre pour vérifier. Surpris, je me suis retrouvé un pendentif en or à la main ! Le buste courbé, le regard tourné vers le fond du trou, je l'ai contemplé discrètement.

— Il y a un problème ? m'a demandé Aline pendant que je tentais de déchiffrer l'inscription qui y figurait.

— Non, non, je croyais que la malle serait trop large mais tout est OK, ai-je répondu tout en fourrant le bijou dans ma poche.

Puis, j'ai rebouché le trou et Élodie a déposé une rose sur la tombe.

Ensuite, en nous dirigeant bras dessus, bras dessous vers la maison, elle a demandé :

— Dis pa, maman m'a dit qu'on pourrait passer à la société protectrice des animaux demain. T'es d'accord ?

— Ouais, ouais, ma chérie, ai-je répondu machinalement, sans même avoir réellement entendu sa question.

En fait, une seule pensée m'occupait encore l'esprit en ce moment précis : ce matin, et j'en étais certain, plus aucun objet, de quelque sorte que ce soit, ne traînait encore sur le sol après mon passage !

***

À peine rentré, j'ai prétexté un besoin urgent et je me suis précipité aux toilettes. Contrairement à mon habitude de claustrophobe, je m'y suis enfermé et, certain de ne pas être surpris, j'ai sorti le pendentif de ma poche.

Ce qui m'a frappé immédiatement est l'état impeccable dans lequel le bijou se trouvait. Jamais on n'aurait pu imaginer qu'il venait de passer des années sous terre. Non, on l'aurait plutôt cru sorti directement de son écrin. Il était constitué d'une chaînette et d'un cœur en or jaune avec une face bombée. Au dos de ce cœur, une gravure : le prénom Aurélie, en caractères italiques, et, légèrement en dessous, une date : le 12-08-75.

Je me suis assis sur la cuvette, sonné.

Il s'agissait, à coup sûr, d'une date de naissance. Pour autant que ce pendentif ait appartenu au mort — et comment pourrait-il en être autrement ? — l'ensevelissement devait obligatoirement avoir eu lieu plusieurs années après cette date.

Et à cette époque, moi aussi j'habitais la maison avec mes parents !

Soudain, on a frappé à la porte.

— Ouais, ai-je dit.

Élodie m'a demandé :

— T'es constipé, papa ?

J'ai éclaté de rire. Un rire nerveux, probablement.

— Non, non, j'arrive mon bébé, ai-je répondu.

— Dépêche-toi, la bouffe va refroidir, a-t-elle dit.

Puis, elle a ajouté en s'éloignant :

— Et je te rappelle que j'ai huit ans, je ne suis plus un bébé.

Je me suis relevé, j'ai tiré la chasse et, avant de sortir, j'ai pensé :

« Finalement, à quoi bon remuer toute cette histoire abracadabrante ? Le passé, c'est le passé ! »

Ensuite, je les ai rejointes et nous avons mangé un plat italien, bu un verre de chianti et regardé un téléfilm à la télé. À dix heures trente, Élodie est allée se coucher. Aline et moi avons encore un peu discuté en terminant la bouteille et, vers minuit, nous avons, à notre tour, rejoint notre chambre. Émoustillés tous deux, nous avons fait l'amour longuement. Puis, les sens repus, nous nous sommes endormis paisiblement.

***

— Greg, réveille-toi.

— Greg, je t'en supplie, réveille-toi, mon amour, j'ai peur.

La chambre était plongée dans l'obscurité quand Aline, serrée contre moi, m'a chuchoté ces paroles à l'oreille.

— Putain, Aline, mais il est quelle heure ? lui ai-je demandé, assommé.

— Pas loin de deux heures, je crois, m'a-t-elle répondu.

— Pff, je suis crevé, lui ai-je dit.

— Greg, il y a quelqu'un dans le grenier, a-t-elle murmuré.

Là, d'un seul coup, j'ai retrouvé toutes mes sensations.

— Quoi, qu'est-ce que tu racontes ?

— Tais-toi et écoute, m'a-t-elle ordonné en me comprimant la poitrine.

Je n'ai plus pipé un mot. Pendant un temps interminable, nous sommes restés dans cette position, collés l'un à l'autre. À peine osions-nous encore respirer.

Mais, j'avais beau tendre l'oreille, je n'entendais rien. Rien de rien !

Finalement, alors que j'allais briser le silence pour lui dire qu'elle avait rêvé, qu'on pouvait se rendormir, j'ai perçu distinctement un craquement au-dessus de nos têtes... Suivi, après quelques secondes, d'un deuxième... Puis, d'un troisième !

On aurait dit que quelqu'un se déplaçait sur le plancher du grenier, à la manière d'un noctambule regagnant sa chambre, au retour d'une escapade nocturne, dans l'espoir de ne pas réveiller son conjoint : un pas, et puis l'autre. Lentement, doucement !

Bien qu'effrayé, j'ai tenté de dissimuler mon angoisse et j'ai déclaré à Aline le plus calmement possible :

— Des souris, mon amour. Il doit y avoir des souris ou des oiseaux qui ont réussi à s'introduire dans le grenier.

— Merde, Greg, si ce sont des souris, alors elles sont géantes et si ce sont des oiseaux, alors ce sont des aigles, m'a-t-elle répondu.

D'un coup, sa réflexion nous a détendus.

— Pas facile à prononcer cette phrase, lui ai-je dit.

Déconcertée par ma remarque, elle m'a regardé, surprise, puis elle a éclaté de rire.

Ensuite, nous nous sommes remis à tendre l'oreille durant de longues minutes mais nous n'avons plus rien entendu et, pour la rassurer totalement, je lui ai finalement promis d'aller vérifier dans le grenier dès le lendemain matin.

Quelques minutes plus tard, alors que je me posais des questions à m'en éclater la tête sous la couette, Aline, tout à fait rassurée, s'est rendormie paisiblement.

***

Un peu avant l'aube, Élodie a surgi une nouvelle fois dans la chambre et, tout en nous suppliant de la laisser dormir avec nous, elle s'est jetée sur le lit.

Pour toute réponse, Aline a émis un grognement que notre fille a interprété aussitôt comme une permission et, très vite, elle s'est glissée entre nous.

Bien que la température nocturne du chauffage central de la villa soit toujours réglée sur dix-neuf degrés, j'ai remarqué alors qu'elle avait les mains et les pieds étonnamment glacés.

Au contact de nos corps, elle s'est néanmoins réchauffée rapidement et rendormie en un instant.

Toutefois, au petit-déjeuner, Aline, toujours très stricte sur les principes d'éducation, lui a rappelé avec insistance que la place d'une enfant, la nuit, est dans sa chambre, dans son lit, et non dans celui de ses parents. Elle a cependant ajouté qu'elle comprenait que la mort de Jack l'avait fortement perturbée et elle lui a signifié que, pour cette raison, elle lui pardonnait volontiers son irruption nocturne dans notre lit.

— Ce n'est pas à cause de Jack, maman. C'est Aurélie qui ne voulait pas me laisser dormir, a répondu Élodie, d'une petite voix.

Mon sang s'est glacé.

— Aurélie, qu'est-ce que tu nous sors là ? a demandé Aline.

— C'est ma nouvelle copine maman. Peut-être que c'était un rêve mais cela me semblait si réel, a-t-elle répondu.

Autant amusée qu'intriguée, Aline lui a demandé de poursuivre.

— Ben, voilà, maman : je dormais quand j'ai entendu une voix douce m'appeler. J'ai ouvert les yeux et j'ai vu une petite fille, assise au bout de mon lit.

En fait, c'était très curieux car le poids de son corps ne déformait pas le matelas. C'est comme si elle ne pesait rien.

Elle m'a dit de ne pas crier et de ne pas avoir peur, qu'elle s'appelait Aurélie et qu'elle voulait être mon amie. Je tremblais un peu mais, quand elle a souri, j'ai su que je pouvais lui faire confiance.

Elle était habillée drôlement. J'ai d'ailleurs trouvé bizarre qu'elle soit habillée en pleine nuit. Elle portait un pull rayé et un pantalon avec des pattes d'éléphant. Tu sais, maman, le même genre de pantalon que tu portes sur les photos sur lesquelles on te voit gamine.

Aline a voulu l'interrompre mais je lui ai fait signe de la laisser continuer.

— La petite fille s'est installée à mes côtés, sous les couvertures, et elle m'a fait des chatouilles. Alors, on a beaucoup ri. Mais comme elle avait froid et comme elle était pâle ! Puis, elle m'a parlé de son âge — treize ans — et elle m'a conseillé de toujours bien vous obéir.

— Enfin quelque chose de raisonnable, n'a pu s'empêcher de commenter Aline, sûre maintenant que notre fille avait rêvé.

Alors, Élodie s'est tournée vers moi et elle m'a confié, très sérieusement :

— Je n'ai pas trop bien compris ce qu'elle voulait dire papa, mais avant de partir, elle m'a demandé de te révéler que d'autres fillettes — Charlotte et Louise, je crois — étaient là aussi et elle souhaiterait vraiment que tu t'en occupes, même si tu es resté si longtemps aveugle.

Je suis devenu blême et je n'ai su que répliquer.

Heureusement, Aline est intervenue.

— Bon, si nous souhaitons adopter un petit Jack junior, va falloir se préparer, a-t-elle dit.

— Youpi, un Jack junior, un Jack junior ! s'est exclamée aussitôt Élodie.

**

À notre retour à la maison, le dimanche en début de soirée, Jack junior, un beau bâtard de deux ans, maltraité pendant des mois par ses maîtres avant son abandon, nous accompagnait.

Élodie était ravie.

À le découvrir, peureux dans sa cage, elle en était tombée amoureuse au premier regard. Et lui, dès qu'il l'avait vue, comme s'il avait saisi l'opportunité unique qui se présentait, il s'était approché immédiatement et il avait commencé à balancer frénétiquement la queue et à glapir joyeusement.

En quelques secondes, il avait gagné la partie !

L'après-midi, nous nous étions baladés en forêt avec notre nouveau compagnon et nul n'avait reparlé des événements de la nuit et du matin. J'en avais conclu que, pour elles, l'affaire était close.

La nuit suivante a été calme et silencieuse, et le lundi matin, après un bon petit-déjeuner, Aline, avant de rejoindre le collège dans lequel elle professait, a conduit Élodie à l'école. Au moment de partir, elles étaient toutes deux de joyeuse humeur et elles m'ont embrassé chaleureusement.

À son arrivée, la vieille Thérèse, notre femme de ménage, engagée par papa il y a des lustres, a été surprise d'être accueillie par Jack junior. Avant de m'éclipser, il m'a donc fallu prendre le temps de lui expliquer brièvement ce qui était arrivé à notre Jack durant le week-end et, curieusement, il m'a semblé la voir sursauter quand je lui ai parlé de la tombe dans le jardin.

« Est-ce si choquant d'enterrer un animal chez soi ? » me suis-je interrogé.

Puis, dans ma voiture, avant de démarrer, j'ai pris mon téléphone portable et j'ai appelé mon associé. Je lui ai demandé d'annuler tous mes rendez-vous et je lui ai signalé que j'avais une urgence et que je devais m'absenter pour toute la journée.

— Elle est bien montée, au moins, ton urgence ? a-t-il demandé en ricanant.

J'ai raccroché.

Alors, j'ai réglé mon GPS consciencieusement et j'ai mis le moteur en marche.

« L'air de la côte belge te fera le plus grand bien », me suis-je dit en enclenchant la première, décidé à tirer au clair, une bonne fois pour toutes, cette affaire scabreuse.

***

Sur la digue désertée, seuls de rares promeneurs solitaires, gens âgés pour la plupart, et quelques joggeurs audacieux ont bravé la pluie fine qui tombe sans discontinuer sur toute la bande côtière depuis l'aube. À l'horizon, la mer et le ciel se fondent dans un gris épais.

Emmitouflé dans mon anorak, je marche d'un pas rapide vers l'institut dans lequel réside mon père. Trempé jusqu'aux os, j'entre dans le hall majestueux et je m'adresse à la personne en complet cravate qui campe à la réception.

— Bonjour. Je souhaiterais visiter Jean-Philippe Dubois. Je suis son fils.

Le réceptionniste me lance un sourire convenu et me demande de patienter. Alors que j'attends, je m'aperçois subitement que les gouttes d'eau accumulées sur mon anorak dégoulinent sur le sol et forment une petite flaque à mes pieds. L'espace d'un instant, je suis confus.

« Mais, après tout, me dis-je, très vite, avec les sept mille euros par mois, hors soins, que mon paternel leur laisse, je peux quand même me permettre de souiller un tout petit peu leur marbre blanc. »

— Appartement trente-huit, Monsieur Dubois, me dit enfin l'homme.

Je dois faire un effort considérable pour ne pas lui lancer à la figure que je sais parfaitement que mon père loge au trente-huit puisque cela doit être la vingtième fois que je lui rends visite. Mais je me retiens car, ici, dans cet espace feutré, il est de bon ton de respecter le règlement.

Puis, toujours tout sourire, il ajoute :

— Prendrez-vous le déjeuner avec monsieur votre père ? Celui-ci est servi à douze heures trente.

« Monsieur votre père, monsieur votre père ! Mais, d'où sort ce zigoto ? »

Je jette un coup d'œil discret à ma montre : à peine onze heures. Comme je n'ai pas l'intention de m'attarder, je refuse poliment.

À vrai dire, ce « cinq étoiles » pour vieillards fortunés m'horripile, mais, bon, j'ai tout de même conscience qu'il doit être plus agréable d'y terminer ses jours que dans un hospice public.

Je prends les escaliers, les monte quatre à quatre et, arrivé devant le trente-huit, je frappe.

Dans l'appartement, j'entends grommeler.

Je patiente quelques instants, puis je perçois le bruit discret d'un moteur de voiturette électrique. J'imagine mon père se dirigeant vers la porte. Enfin, il m'ouvre.

— Salut papa ! lui dis-je, d'un ton faussement joyeux.

Il me regarde fixement et me murmure entre les dents quelques mots incompréhensibles que j'interprète comme paroles de bienvenue. Puis, il fait marche arrière et se dirige vers le petit salon. Je le suis dans la pièce et je m'installe dans le fauteuil qui lui fait face.

Aphasique, le côté gauche paralysé depuis dix ans, il n'est plus, à quatre-vingt-six ans, qu'une vague ombre de l'homme brillant et renommé qu'il fut. Sa perception des événements n'est plus optimale. Il semble parfois évoluer dans un monde parallèle, transitoire, inconnu des bien portants.

« Est-ce donc cela vieillir ? » me dis-je, dépité, comme chaque fois que je me retrouve face à lui.

— Comment vas-tu papa ?

Comme à son habitude, pour toute réponse, il ronchonne. Il doit trouver sidérant mon manque de conversation !

Mon père a toujours veillé à ce que maman et moi soyons choyés. Durant toutes les années passées à la villa en sa compagnie, je n'ai manqué de rien. Il chérissait son épouse et m'aimait à sa façon, à l'ancienne, comme pouvaient aimer les pères de sa génération : sans signe d'affection, sobrement. Pour ma part, enfant timide d'abord, adolescent effacé ensuite, j'ai toujours été fasciné par son aisance en société, par son autorité naturelle. En fait, je pense que mon admiration à son égard l'emportait sur mon amour.

Je lui parle alors d'Aline et d'Élodie et, là, d'un coup, son visage s'éclaire.

Il faut que je profite de la brèche !

Je me lance.

***

— Figure-toi, papa, qu'il est arrivé une chose tout à fait incroyable ce week-end à la maison.

Il lève les yeux, vaguement intéressé. Je poursuis sur un ton insouciant :

— C'est tout à fait inimaginable, papa, mais, en creusant dans le jardin samedi matin, entre le premier et le deuxième peuplier à partir de la gauche — tu sais, ceux qui forment la rangée du fond délimitant le domaine ; ces précisions pour que tu puisses visualiser l'endroit exact —, j'ai découvert des ossements.

Je le sens se cabrer dans le siège de sa voiturette mais je continue :

— Des ossements humains, papa.

Il hausse les épaules, secoue la tête, se saisit du carnet avec lequel il communique et il y écrit, avec difficulté, le mot « animal ».

— Non, papa, ce sont des ossements humains, je suis formel.

Je lui ai répondu fermement, sans me démonter.

Il souffle. Je sens l'énervement le gagner. Je reprends :

— Papa, il s'agirait, selon toute vraisemblance, des restes d'une fillette qui se prénommait Aurélie.

À cet instant, il se met à respirer de plus en plus rapidement. Il halète !

Je suis interloqué : Serait-il possible que mon propre père ait un rapport avec ce décès ?

À la simple évocation de cette hypothèse, je me mets à trembler intérieurement mais il faut que je poursuive :

— Et il se pourrait qu'elle ne soit pas seule. Charlotte et Louise, ces prénoms ne te rappellent rien papa ?

Je lui ai posé la question en haussant, involontairement, le ton.

Un rictus hideux, que je ne réussis pas à interpréter clairement, déforme maintenant son visage qui passe rapidement à un teint cramoisi.

Et soudain, tandis que la peur me gagne, ses muscles se détendent, de la salive s'échappe de sa bouche et coule le long de sa jouc droite et sa tête s'affaisse sur sa poitrine.

Il est reparti dans son monde !

Ébranlé, j'appelle à l'aide le personnel d'étage mais l'infirmier, accouru aussitôt, me rassure :

— Cela lui arrive souvent, vous savez, monsieur. Ah, les mystères du cerveau ! Certaines connexions se font, se défont, se font, se défont...

Je suis littéralement dévasté, non pas, en réalité, par l'état de mon père, mais par l'horreur que je viens d'apprendre car, et j'en suis certain maintenant, il savait !

De l'air, il me faut de l'air !

Je me précipite à l'extérieur, je cours jusqu'à la plage à en perdre haleine et, arrivé tout au bord de l'eau, je pousse un hurlement.

À quelques mètres, trois mouettes effrayées s'envolent.

***

Après avoir marché un long moment sous la pluie pour tenter de me régénérer, je passe ensuite voir maman.

31

Elle m'accueille chaleureusement.

— Grégoire, quelle surprise ! Mais entre vite, mon chéri, tu es trempé jusqu'aux os. Veux-tu que je te fasse couler un bain pour te réchauffer ?

Tout en retirant mon anorak, je lui réponds, après l'avoir embrassée :

— Merci, maman, tu es gentille.

L'appartement, un deux-pièces cossu, respire l'ordre et la propreté. Quand on y pénètre, on ne peut imaginer qu'il est réellement habité. En vérité, ma mère a toujours joué à la perfection son rôle de maîtresse de maison.

Elle me propose un thé, que j'accepte volontiers. Il est près de quatorze heures et je n'ai plus rien avalé depuis le petit-déjeuner. Alors qu'elle met l'eau à chauffer, je l'observe. Elle est toujours aussi svelte et élancée. Malgré quelques ridules, à la commissure des yeux, elle porte bien, à n'en pas douter, ses soixante-seize printemps.

— Tu m'as l'air remué, me dit-elle en me servant.

Aussi loin que je m'en souvienne, maman a toujours su discerner le moindre de mes troubles, le moindre de mes émois.

— Je suis allé voir papa, lui dis-je.

— Et c'est ce qui te met dans cet état ?

Je hausse les épaules.

— C'est bien triste la vie maman.

— Oh là, cela ne va pas avec toi ! Reprends-toi. Grégoire, pour la millième fois, souris à la vie si tu souhaites qu'elle te sourie. Ton père a vécu, et bien vécu. Maintenant, il s'éteint, peu à peu. Comme une bougie. Ne t'inquiète pas pour lui, il a assez joui de l'existence. Inutile de t'apitoyer sur son sort, crois-moi. Profite, profite de tes belles années.

« Il a assez joui de l'existence. »

Ces mots résonnent étrangement en moi. Je leur accorde une signification que ma mère ne sous-entendait probablement pas en les prononçant.

La tête me tourne. L'hypoglycémie me guette.

— Tu n'aurais pas un sucre maman ?

— Mon Dieu, tu n'as pas encore mangé, comme je peux être idiote.

Et, avant que je puisse lui dire quoi que ce soit, elle disparaît dans la cuisine pour me préparer un en-cas.

***

Une fois avalé le sandwich à l'omelette que ma mère m'a servi, je me sens revigoré. Tout en l'écoutant me détailler ses activités hebdomadaires, je me persuade qu'il doit y avoir une explication cohérente quant à la présence de ces ossements dans notre propriété. Mon père n'est pas un assassin, quand même !

N'y tenant plus, je l'interromps brusquement :

— Aurélie, Charlotte, Louise, ces prénoms te disent quelque chose, maman ?

Elle devient blême et me répond, fataliste :

— J'étais certaine qu'un jour tout cela remonterait à la surface.

Puis, après un long moment de pause, elle ajoute :

— Qui t'a parlé de cette histoire sordide, mon chéri ?

Et là, dans une logorrhée surprenante, je lui déballe tout. Dans les moindres détails.

Ensuite, un silence de mort envahit la pièce. J'en profite pour l'observer : elle a l'air épuisé.

Alors, j'attends. J'attends un long moment. J'attends qu'elle se décide à me parler.

Enfin, après avoir poussé un profond soupir, elle prend la parole et d'une voix lasse, brisée, elle me dit :

— Tu n'ignores pas Grégoire que, bien avant de l'épouser, j'ai été la maîtresse de Jean-Philippe durant de longues années. Ce que tu ignores, par contre, c'est que, assez vite, pour nous émoustiller, nous avions pris pour habitude à l'époque de fréquenter des milieux — comment dirais-je ? — équivoques. Mais, jusqu'à notre mariage, cela se limita, je te rassure, à des parties fines entre couples consentants. Rien de bien méchant, donc !

Elle s'interrompt et, sans me regarder, avale une gorgée de thé.

Je suis abasourdi. Imaginer ma propre mère, dans une partie fine, relève de l'inimaginable, de l'inconcevable.

Après avoir reposé sa tasse sur le guéridon, elle reprend :

— Puis, nous nous sommes mariés et tu es né. Nous nous sommes alors assagis. Nous nous sommes assagis au point de tomber pendant des années dans une routine sexuelle désastreuse. J'ai même soupçonné ton père à ce moment-là de fréquenter une autre conquête — l'arroseur arrosé, si je peux m'exprimer ainsi. Il m'a juré qu'il n'en était rien, que son travail, ses responsabilités, ses plaidoiries l'absorbaient corps et âme. Et, bien que frustrée, je me suis accommodée de la situation.

Après s'être raclé la gorge, elle poursuit :

— Un jour, au beau milieu des années quatre-vingt, Jean-Philippe m'a parlé d'amis qui cherchaient un endroit discret pour passer d'agréables moments le week-end. Il m'a dit qu'il leur avait proposé notre demeure comme lieu d'accueil. J'ai protesté mollement. Je lui ai dit qu'il oubliait que nous avions un fils mais il m'a rétorqué que tu adorais passer tes week-

ends chez mamie et que, de toute manière, les réunions se-
raient occasionnelles, mensuelles, tout au plus. À vrai dire, je
n'ai pas beaucoup résisté. La perspective de revivre des moments érotiques hors normes me ravissait.

Un violent mal de crâne m'enserre la tête. Je me revois,
joyeux, quitter la maison le vendredi soir.

« Connait-on un jour réellement les êtres avec lesquels
nous vivons ? »

— Tout se passa merveilleusement bien pendant de longs
mois, continue-t-elle, mais un jour, quelques participants
émirent l'idée de pimenter plus encore nos réunions. Il fut
question, soudainement, de rites sataniques, de messes
noires.

Certains, dont ton père et moi d'ailleurs, exprimèrent alors
de fortes réticences mais, à force de persuasion, les instiga-
teurs du projet réussirent finalement à nous convaincre tous
et, dès cet instant, nous avons été entraînés, crois-moi, dans
un engrenage infernal dont nous n'allions malheureusement
pas sortir intacts.

À partir de ce moment, tout alla crescendo. Lors de chaque
réunion, les limites précédentes devaient être obligatoirement dépassées.

Et un soir, comme il fallait s'y attendre, le point de non-
retour a été atteint. Un soir, l'une de ces cérémonies macabres
se termina dans l'horreur absolue, avec la mort d'une fillette,
dans un bain de sang horrible.

Mais malgré ce drame, cela n'a pas suffi pour calmer leurs
ardeurs : deux autres gamines allaient encore subir un sort
identique dans l'année qui a suivi.

Par bonheur, Dieu soit loué, fin des années quatre-vingt, la
police a arrêté le fournisseur de chair fraîche et les rencontres
ont enfin cessé.

— Ne me dis pas que c'est ce pervers isolé, qui moisit en prison depuis des années, qui était votre pourvoyeur, lui dis-je.

— Je ne te dis rien, mon fils, me répond-elle, mais si tu consultes son dossier, tu verras, qu'à l'époque dont je te parle, ce type avait été arrêté une première fois pour enlèvements et viols. Et a-t-on réellement cherché alors à savoir si d'autres disparitions pouvaient lui être imputées ?

Je me décompose. J'explose :

— Maman, tu te rends compte de ce que tu me racontes ? Ne me dis pas que, toi et papa, vous êtes des assassins. Des assassins d'enfants !

— Mais nous n'avons posé aucun geste fatal. Nous avons simplement prêté la villa et suivi les autres, me dit-elle, comme pour se dédouaner.

Je rugis :

— Mais c'est ignoble. Et tu n'as prévenu personne, tu as laissé ces ignominies se dérouler sous ton propre toit ?

— Si j'avais tenté quoi que ce soit, sois sûre que je serais morte.

— Et toi aussi, d'ailleurs, ajoute-t-elle aussitôt.

J'aboie :

— Mais vous êtes dingues. Je suis le fils de dingues.

Ma mère reprend, énervée :

— Écoute-moi bien, mon fils. Il n'y a pas un mois, pas une semaine, pas un jour qui ne se passe sans que je ne repense à ces gamines mais je n'y pouvais rien. Rien ! Des représentants, et non des moindres, des trois pouvoirs — les trois, tu m'entends ! — étaient présents lors des cérémonies et étaient donc impliqués. Alors, dis-moi, crois-tu réellement qu'il était possible pour moi d'éventer la chose ?

— Tu aurais pu contacter la presse ou, je ne sais pas moi, te confesser, lui dis-je alors, à bout d'arguments.

— Mais, mon pauvre fils, certains des leurs fréquentaient bien sûr aussi assidûment la maison, s'écrie-t-elle.

Puis, après un silence glaçant, elle ajoute, d'une voix lasse :

— Non, je te le dis : des pervers, tous des pervers !

Elle en a terminé. Elle ferme les yeux et reste immobile. Seul un léger tremblement, qui trahit son émoi, secoue sa paupière droite.

Tout à fait groggy, je me lève, je me dirige vers la porte, je récupère mon anorak au portemanteau et, sans un geste, sans un regard dans sa direction, je quitte l'appartement.

***

Il est près de dix-sept heures lorsque je gare ma voiture face à la villa. Au cours du trajet, les nuages se sont dissipés peu à peu et le soleil, tout aussi radieux que la veille, brille à nouveau. Aline et Élodie ne sont pas encore rentrées.

Je m'installe, le portable sur les genoux, dans l'un des fauteuils de cuir du salon.

Je suis face à la baie vitrée. J'ai une vue directe sur le bout du jardin et sur les peupliers.

J'ai beaucoup de peine à imaginer les horreurs qui se sont déroulées dans cette propriété alors que j'y passais une jeunesse insouciante. Les révélations de ma mère m'ont secoué. Un vague sentiment de culpabilité m'habite.

Je me sers un whisky et entame mes recherches sur internet. J'obtiens très vite les réponses à mes interrogations. Elles corroborent les propos de maman quant aux dates : Aurélie V, une fillette de treize ans a été signalée disparue dans la région de Sedan en septembre 1987 ; Charlotte M, quatorze ans, a quitté son domicile de Louvain pour se rendre à l'école un matin de février 1988 et elle n'a ensuite plus jamais été revue ; Louise G, s'est volatilisée près de Charleroi en août de la même année.

J'apprends aussi qu'un violeur, tueur en série, condamné pour huit meurtres, a été soupçonné d'avoir organisé les rapts d'Aurélie et Charlotte. Il a toujours nié être responsable de ces enlèvements et aucune preuve formelle n'a jamais pu être apportée quant à son implication directe dans ces deux affaires.

— Papa, t'es déjà rentré !

Surpris, je referme brusquement le clapet de mon portable.

— Tu mates du porno en cachette ? me demande Aline en souriant.

Elles s'approchent et m'embrassent.

— Youpi, pas de devoirs aujourd'hui ! s'exclame Élodie qui se met ensuite à chanter.

Les voir, toutes deux guillerettes, me réchauffe le cœur.

Jack junior, qui sommeillait sur son coussin dans la cuisine, surgit à ce moment dans la pièce en aboyant.

S'ensuit un quart d'heure de jeux, de poursuites, de franche rigolade.

Puis, Aline propose que nous allions manger un hamburger au Mac Do.

Nous voilà tous les trois à crier comme des fous : « Le Mac Do, le Mac Do, Le Mac Do... »

« Mais bon sang, pourquoi a-t-il fallu que je creuse la terre à cet endroit ? »

***

— Rien de spécial au bureau, aujourd'hui ? me demande Aline, tandis que je me brosse les dents et que nous nous apprêtons à nous coucher.

Je me rince la bouche longuement, le temps de réfléchir. Dois-je tout lui avouer ?

— Je suis allé voir mes vieux à Knokke.

— Quoi, tu es allé jusqu'à la mer !

— Ouais, je ne sais pas, j'avais un mauvais pressentiment avec papa.

Elle me regarde d'un air incrédule et elle me dit, d'un ton déterminé :

— C'est nouveau ça. Tu penses à ton père, maintenant. Alors que je dois toujours insister pour qu'on aille le voir. Non mais, tu n'es pas occupé à me mener en bateau, là, Greg ? Pas toi, hein ! Ne me raconte pas que tu as rencontré quelqu'un, quand même.

Je ne me sens pas capable d'affronter une scène de jalousie.

— Qu'est-ce que tu t'imagines, mon amour. Écoute, tout cela est assez compliqué mais je t'assure que j'avais absolument besoin de voir mon père. Pour des vieux trucs, en fait.

Elle hausse les épaules, pas convaincue par ma réponse.

Je m'approche d'elle et la serre contre moi.

— Je t'aime mon amour, je t'aime, lui dis-je en lui remontant la robe de nuit jusqu'au ventre et en lui palpant les fesses.

Boudeuse, elle résiste un peu puis, gagnée à son tour par l'excitation, elle se lâche et me saisit le sexe...

— Faudra quand même que tu me dises pourquoi tu es allé voir ton père, me lance-t-elle, plus tard, radieuse, avant de s'endormir.

— Je te le promets, chérie, lui dis-je, rassasié.

L'amour lui fait décidément un bien fou !

Moins de cinq minutes plus tard, alors qu'à mon tour je suis sur le point de m'assoupir, les craquements reprennent au-dessus de ma tête.

C'est décidé : il faut que j'en finisse !

Je me lève dans l'obscurité, quitte la chambre sur la pointe des pieds et je me dirige vers la trappe qui mène au grenier. Délicatement, je retire l'échelle escamotable de son support et monte les marches une à une. Arrivé dans la soupente, j'allume ma lampe torche et en dirige le faisceau vers le coin où j'ai déposé le sac de jute.

J'écarquille les yeux : il ne s'y trouve plus !

Mon cœur s'emballe, je crois défaillir.

Je fouille alors la pièce de fond en comble. En vain.

Je refuse cependant d'accepter la réalité et j'entame une seconde exploration.

Et, bien sûr, il me faut bientôt me rendre à l'évidence : les restes de la petite ont disparu !

Anéanti, au bord de l'implosion, je redescends, je ferme la trappe et, comme un somnambule, je retourne me coucher.

Aline est profondément endormie.

La réalité du monde m'échappe.

***

Le lendemain, au petit-déjeuner, entre deux bouchées de céréales, Élodie me sort, l'air de rien :

— Tu sais papa, ma copine Aurélie est partie cette nuit. Dommage, je l'aimais bien.

Je suis estomaqué, je tarde à réagir.

Aline, moqueuse, lui répond :

— Bon, ben, bon débarras, car les enfants qui communiquent avec des amis qu'ils ne nous présentent pas, je n'aime pas trop ça !

Élodie hausse les épaules et tire la langue à sa mère. Celle-ci lui réplique en fronçant le nez et les voilà parties dans un interminable concours de grimaces auquel je n'ai pas le cœur à participer.

Ensuite, avant de filer au boulot, je sors quelques minutes avec Jack junior dans le jardin. Alors qu'il s'ébroue gaiement, j'aperçois Thérèse qui emprunte l'allée transversale pour prendre son service.

L'idée me vient de l'interroger, elle, l'âme de la maison. Mais, alors que je l'attends sur le seuil, mon portable se met à vibrer et le numéro de maman s'affiche sur l'écran.

Exaspéré, je décroche et, d'un ton bref, réponds :

— Oui, maman.

— Ton père est mort cette nuit ! me balance-t-elle, laconiquement.

Je n'ai jamais retrouvé le pendentif.

Pourquoi es-tu vivante ?

Le dimanche six juillet 2014 à quatre heures dix-sept, la mort m'avait fixé rendez-vous !

À ce moment précis, le car de tourisme dans lequel je devais me trouver, s'est embrasé sur l'autoroute A6, après avoir percuté une barrière de sécurité et s'être couché sur le flanc.

Aucune des cinquante-trois personnes à bord du véhicule n'a survécu à ce crash dont les causes n'ont jamais pu être déterminées avec certitude.

Mais, curieusement, le destin m'a épargnée et, depuis lors, ma vie a été chamboulée.

Juliette, ma meilleure amie, m'avait proposé, quelques semaines plus tôt, de l'accompagner en vacances dans un camping de Martigues. Sur un coup de tête, Axel, son mec, y avait loué par internet un mobile home de six personnes pour deux semaines.

« La Côte d'Azur, pourquoi pas, cela te remontera peut-être le moral », m'étais-je dit et j'avais accepté, assez enthousiaste.

Puis, un peu plus tard, Juliette m'avait appris qu'un pote d'Axel nous accompagnerait.

« Cela sent le piège », avais-je pensé, mais je n'avais pas protesté.

Nous nous étions rencontrés ensuite chez Juliette pour faire connaissance et préparer le voyage. Il s'appelait Aurélien, avait vingt-deux ans, et, bien qu'un peu enveloppé et dégarni, je l'avais trouvé mignon. De plus, au cours de la conversation, il était même parvenu, exploit rare, à m'arracher quelques rires.

« Avec lui, je devrais bien m'amuser », en avais-je conclu.

Et, somme toute, après deux ans d'abstinence, il était aussi peut-être temps que je renoue avec le sexe.

Pendant notre réunion, j'avais proposé, pour limiter les frais, d'effectuer le parcours en car plutôt qu'en voiture. Ils avaient pesé le pour et le contre et, finalement, leurs budgets étant aussi serrés que le mien, ils avaient accepté et m'avaient même félicitée pour cette idée géniale.

Mal leur en prit !

Le départ du car était prévu à vingt heures sur la Grand-Place de Tourcoing. Nous avions convenu de nous y retrouver dans une brasserie une heure plus tôt, le temps d'avaler un sandwich.

Mais, à cette heure, je venais d'être admise aux soins intensifs du centre hospitalier Gustave Dron de cette même ville !

Alors que j'étais occupée à préparer mon sac, j'avais soudainement été prise, un peu avant de quitter l'appartement, de violentes douleurs à l'abdomen et de maux de tête fulgurants. Gagné par la panique, mon vieux avait aussitôt appelé le 112. Les secours étaient arrivés très vite et ils avaient décidé de m'embarquer illico. L'urgentiste avait diagnostiqué une appendicite aiguë avec risque de péritonite et, en moins de temps qu'il ne faut pour le dire, je m'étais retrouvée, endormie et le ventre ouvert, au bloc opératoire.

Quand je m'étais réveillée, vers minuit, encore à moitié sous l'effet de la narcose, j'avais demandé, à l'infirmière de nuit, d'envoyer un texto à mon amie Juliette pour la prévenir de mon contretemps. Elle avait accepté de bon cœur. Deux minutes plus tard, la réponse m'était parvenue :

« Ne t'inquiète pas, ma poule, ton paternel nous avait prévenus. Tu nous rejoindras dans quelques jours. On t'embrasse très fort tous les trois », me disait-elle.

« Bordel, il n'y a vraiment que moi pour ramasser des tuiles pareilles sur la tête », avais-je pensé, les larmes aux yeux.

Puis, malgré tout rassurée, je m'étais rendormie.

Quand mon père était entré, livide, vers dix heures, dans la chambre le lendemain matin, j'avais cru que les médecins venaient de lui annoncer ma mort prochaine. Ils avaient dû me découvrir des trucs inopérables dans le bide. Les larmes aux yeux, il s'était approché du lit, m'avait saisi la main et, entre deux sanglots, il m'avait dit :

— Ma pauvre petite, ma pauvre petite.

Mon cœur s'était arrêté net de battre.

Pour tenter de se ressaisir, il s'était raclé la gorge, puis il avait poursuivi :

— Tu sais, je n'aurais pas supporté que, toi aussi, tu disparaisses.

Cela m'avait légèrement rassurée : dans l'immédiat, au moins, je n'étais pas condamnée. J'avais donc repris un peu d'assurance et, d'un ton voulu désinvolte, je lui avais dit :

— Allez papa, reprends-toi, ce n'était rien d'autre qu'une appendicite. C'est banal, tu sais. On n'est pas dans la jungle ici, on est en France.

À ce moment, il avait saisi que je ne savais encore rien du drame affreux qui s'était déroulé et, ne sachant comment me l'annoncer, il s'était écrié :

— Oh, mon Dieu ! Oh, mon Dieu ! Oh, mon Dieu !

Je n'avais évidemment rien compris !

Passablement énervée, je l'avais alors interrompu et je lui avais lancé :

— Mais bordel, papa, qu'est-ce qui se passe ? Tu vas parler, oui ou merde !

— Le car... Un accident... Ils sont morts. Ils sont tous morts, avait-il répondu en baissant la tête et en hoquetant.

Submergée par l'émotion, j'étais tombée aussitôt en syncope.

***

Ensuite, les premiers temps qui ont suivi la tragédie restent flous dans ma mémoire.

Désespérée, je m'étais isolée dans une bulle pour tenter de me protéger mais, très vite, j'avais sombré et je m'étais retrouvée au bord d'un gouffre sans fond.

De ces jours sombres, ne me restent aujourd'hui que des souvenirs épars.

Je me souviens d'une ville en berne, de funérailles insoutenables, de pleurs, de gémissements.

Je me souviens de cette mère qui avait perdu ses trois enfants et qui s'était suicidée deux semaines plus tard.

Je me souviens de ces vautours venus m'interroger — moi, la miraculée — et que j'avais remballés méchamment.

Je me souviens surtout de ce sentiment destructeur de culpabilité d'être vivante, qui m'avait poursuivi indéfiniment, et des psychotropes que les médecins m'avaient prescrits, sans succès, pour l'évacuer.

Je me souviens aussi des bouteilles de gin — puissant anesthésiant — que j'avais ensuite ingurgitées chaque soir, encore et encore, pendant des semaines.

Je me souviens enfin du regard affligé de mon père quand il me croisait, véritable épave, dans l'appartement...

***

Puis, une nuit, près de trois mois après le drame, je l'avais vue.

Quand j'avais ouvert les yeux, elle était assise au bord du lit et elle m'observait en souriant. Elle avait retrouvé un teint éclatant et elle portait ce petit ensemble bleu qui lui allait à ravir et que je lui avais offert, avec mes économies d'enfant, il y a des années déjà.

Elle était belle, tellement belle !

— Maman, t'es là, lui avais-je dit.

Elle n'avait pas répondu mais elle s'était abaissée et m'avait posé un baiser délicat sur le front.

— Maman, pourquoi je ne suis pas morte ? lui avais-je alors demandé d'une voix de fillette.

Elle s'était redressée, m'avait regardée affectueusement et, d'une voix paisible, elle m'avait répondu par cette interrogation :

— Pourquoi es-tu vivante, Mathilde chérie ?

Et, avant que je puisse répliquer, elle s'était évaporée.

Je ne crois pas aux esprits !

Ma mère est morte d'une leucémie foudroyante quand j'avais dix ans.

En dix jours, la maladie l'a emportée alors qu'elle devait bientôt fêter ses trente-cinq ans.

En dix jours, je suis passée du stade d'enfant choyée et chouchoutée à celui d'orpheline.

Papa ne s'est jamais réellement remis du départ de maman. Ces deux-là s'adoraient trop pour être séparés. Du jour au lendemain, l'être solaire qu'il était s'est transformé en un individu terne et effacé et, depuis quinze ans, il se contente de vivoter. Hormis ses collègues, je ne lui ai d'ailleurs plus jamais connu aucune autre relation : ni familiale, ni amicale, ni amoureuse...

Mais mon brave père est resté pour moi.

Pendant tout ce temps, il ne m'a jamais quittée et, aujourd'hui encore, nous sommes toujours soudés.

Avec papa, j'ai passé mon enfance et une bonne partie de mon adolescence assise devant la télé. Le samedi soir, pendant que mes copines sortaient en boîte, je regardais Drucker dans le divan avec lui. Le petit écran, ma drogue, mon évasion.

Puis, à dix-neuf ans, j'ai entamé, après le bac, des études d'infirmière. Sur les bancs du campus, j'y ai rencontré Juliette — devenue depuis une sœur pour moi — qui, peu à peu, m'a ouverte au monde, m'a émancipée.

Ensuite, mon diplôme en poche, j'ai été engagée au service de gériatrie de l'hôpital municipal. J'y côtoie, depuis trois ans, nombre de grabataires incontinents, délaissés par leurs familles.

Un jour, tout au début, un jeune type, qui venait rendre visite à sa grand-mère, a attiré mon attention. Il m'a invitée à prendre un verre et cela a cliqué entre nous. Peu après, à vingt-deux ans, j'ai perdu ma virginité avec lui dans une vieille Renault le long d'un chemin forestier. Pendant quelques semaines, j'ai bien cru pouvoir profiter alors d'une belle éclaircie dans la grisaille de la vie mais, très vite, nos relations se sont dégradées et nous nous sommes quittés, bons amis, avant que tout ne dégénère.

Après, le train-train a pris le dessus. En 2013, sur l'insistance de Juliette déjà, j'ai accepté de l'accompagner en voyage à Sousse. Pour la première fois de ma vie, j'ai quitté la France.

Sur place, je suis tombée sous le charme d'un animateur tunisien. Ce fut un bel amour de vacances : j'y ai découvert l'orgasme. À mon retour, je lui ai écrit deux fois. Puis, ce fut tout. J'ai rejoint papa, j'ai rejoint le divan, j'ai rejoint la télé.

Je ne crois pas à une quelconque forme de vie après la mort mais je crois à la survie des êtres dans nos pensées.

Mon subconscient m'a envoyé l'image de maman me transmettre un message clair : Pourquoi es-tu vivante ?

Pourquoi suis-je vivante alors que ma vie est terne et sans saveur ?

Pourquoi suis-je vivante alors que le désespoir hante mes nuits depuis tant d'années ?

Pourquoi suis-je vivante alors que d'autres, amoureux fous de la vie, sont morts, calcinés sur la route ?

Mon opération de l'appendicite était-elle le fruit du hasard ou mon corps avait-il pressenti le danger ?

Le lendemain matin, je me suis levée, transformée.

J'ai d'abord pris une douche, je me suis habillée, légèrement maquillée et j'ai avalé un petit-déjeuner copieux. Ensuite, j'ai balancé tous mes médicaments à la poubelle et j'ai vidé les bouteilles d'alcool que je tenais en réserve. Puis, j'ai nettoyé l'appartement de fond en comble.

Quand papa est rentré vers midi, la table était dressée et je lui avais préparé son plat préféré.

Il s'est assis sans me poser de questions et il a commencé à manger. De temps à autre, il m'épiait du coin de l'œil, une lueur d'incrédulité dans le regard.

— Je vais reprendre le boulot, lui ai-je dit.

— C'est bien, m'a-t-il simplement répondu.

Et la vie, monotone, a repris son cours régulier.

Enfin, pas exactement...

***

Dès mon retour à l'hôpital, j'ai été convoquée par le chef des ressources humaines. Durant mon absence, une restructuration avait été réalisée au sein du personnel et les rôles avaient été redistribués. Manque de bol : non seulement j'étais toujours affectée au service de gériatrie duquel je rêvais pourtant de m'échapper, mais, de plus, — les absents ayant toujours tort — j'avais été intégrée d'office à la cellule des infirmières de nuit. J'allais dorénavant devoir me farcir des tableaux de service démentiels : sept jours de douze heures ininterrompues de prestation — vingt heures à huit heures — suivis de sept jours de récupération.

— Vous verrez, la nuit, c'est beaucoup plus calme, m'a-t-il dit, comme s'il venait de m'octroyer une faveur.

Puis, devant ma mine renfrognée, le connard a cru bon d'ajouter :

— De toute manière, Mathilde, avec vos trois ans d'ancienneté, vous n'avez pas grand-chose à revendiquer.

Là, si les règles élémentaires de courtoisie l'avaient permis, je me serais élancée vers lui et je lui aurais arraché les yeux des orbites à mains nues !

Mais, finalement, contrairement à mes appréhensions, je me suis plutôt bien adaptée à ces nouveaux horaires qui permettent notamment d'échapper à l'effervescence et au brouhaha qui règnent sans arrêt en journée.

La nuit à l'hôpital, tout est plus calme, plus feutré. Et les râles, les cris, les plaintes des vieillards qui déchirent, de temps à autre, le silence, résonnent alors d'un écho particulier, presque surnaturel.

La nuit à l'hôpital, le temps s'écoule, hors du temps.

La nuit à l'hôpital, le rapport à l'autre est, lui aussi, différent.

Ah ! comme j'apprécie d'accompagner ces hommes et ces femmes, en fin de vie, tout au bout du chemin, vers leur dernier soupir. Doucement, calmement.

Cependant, dans notre fichu monde, tout n'est pas toujours aussi simple, aussi parfait.

Si voir des jeunes, avides de croquer la vie à pleines dents, disparaître brutalement est, à coup sûr, inhumain, voir des vieillards, désireux de s'effacer, languir des semaines, sinon des mois, sur un lit de souffrances, l'est tout autant.

Alors, à force de côtoyer ces regards suppliants et désespérés, j'ai compris et j'ai enfin saisi le rôle qui m'avait été assigné : devenir un ange, un ange de la mort !

J'ai compris, à coup sûr, le soir où je suis entrée dans la chambre d'André, 87 ans, patient en phase terminale, alité depuis trois mois, le corps couvert d'escarres, incontinent, nourri par sonde gastrique et bombardé de morphine.

— Bonsoir, Monsieur Grant, comment allez-vous ? lui ai-je demandé, en m'approchant du lit, le sourire aux lèvres.

— Ah ! Mathilde, si vous saviez comme je vous suis reconnaissant de ne pas vous adresser à moi comme à un enfant ou à un arriéré mental, m'a-t-il dit.

Sa réflexion m'a réchauffé le cœur car il est vrai que, contrairement à nombre de mes collègues, j'ai toujours veillé dans mon travail à l'hôpital à considérer tout patient, quel que soit son état physique ou psychique, comme un individu digne de respect et de considération.

— Souhaitez-vous que je vous serve un verre d'eau pour la nuit Monsieur Grant ?

— Vous savez, Mathilde, il fut une époque, pas si lointaine, où, chaque soir, mon épouse et moi dégustions un verre de champagne.

Pour la première fois depuis des semaines, M. Grant, qui semblait moins souffrir et être moins abruti par les sédatifs que d'habitude, était en mesure de tenir une conversation cohérente.

— Elle est morte, il y a un peu plus de deux ans, a-t-il ajouté.

— Je suis désolée, lui ai-je répondu.

— Ne soyez pas désolée pour elle, Mathilde. Soyez-le plutôt pour moi. Car, dites-moi, pourquoi faut-il donc que mon corps résiste depuis si longtemps aux assauts de la maladie ? Pourquoi s'acharne-t-on à prolonger mon existence qui, en réalité, n'en est plus une ? Regardez-moi, Mathilde. Regardez ce corps décharné, qui n'en peut plus de souffrir. Croyez-vous, Mathilde, que l'homme que je fus, jadis, puisse accepter maintenant l'image du vieillard qu'il est devenu, l'image d'un débris auquel on pose des couches trois fois par jour et à qui l'on torche le cul comme à un bébé ? Veuillez excuser ce vocabulaire un peu cru, chère Mathilde, mais, voyez-vous, je n'ai plus qu'une espérance : celle de mourir. Mourir très vite.

Épuisé par la longueur de sa tirade, il s'est mis à suffoquer et, pour qu'il puisse reprendre son souffle, j'ai été obligée de lui poser le masque à oxygène.

Après quelques minutes difficiles, son rythme de respiration est enfin redevenu régulier. D'un geste brusque, il a alors arraché le masque, m'a regardée droit dans les yeux et d'une voix ferme, il m'a suppliée :

— Aidez-moi Mathilde. Aidez-moi, je vous en prie. Vous êtes mon seul espoir.

Effrayée par sa supplication, je me suis enfuie mais, moins d'une heure plus tard, je suis repassée dans sa chambre.

Il était apaisé mais toujours aussi résolu. Et, pendant près de deux heures, nous avons parlé. Beaucoup parlé : de lui, de moi, de la vie...

Cet homme, qui avait tant vécu, m'a émerveillée et, pour la première fois de ma triste existence, j'ai senti qu'un être, en ce bas monde, m'estimait et me comprenait, moi, une créature tellement minable.

Alors, quand je l'ai quitté, j'ai promis de l'aider.

Quarante-huit heures plus tard, il est décédé au cours de la nuit.

Mort naturelle, a indiqué sur le certificat de décès l'interne de garde.

La dose massive de chlorure de potassium que je lui avais administrée avait été fatale !

Puis, après André, il y eut Pierre, 82 ans ; Jeanne, 90 ans ; Lucien, 84 ans ; Simone, 93 ans et Charles, 80 ans.

Six individus las de vivre ; six âmes enfin délivrées de leurs corps épuisés grâce à mes bons offices.

Je me suis vue comme le bon Samaritain de la Bible. J'ai assimilé mes actes à un bel exemple de charité efficace et désintéressée.

Au sein de l'hôpital, ces décès n'ont éveillé aucun soupçon. Il faut dire que, méthodique par nature, j'avais été particulièrement prudente : pas plus de trois interventions par année avec un intervalle minimum de trois mois entre deux d'entre elles !

Ensuite, hélas, un grain de sable vint enrayer cette mécanique bien huilée et m'obligea de mettre fin à mes bons offices.

Ensuite, hélas, il y eut Françoise !

***

Françoise, quatre-vingt-huit ans, une petite vieille rabougrie, au caractère acariâtre, hospitalisée pour une pneumonie, qui, une nuit, alors que je le lui changeais sa perfusion, m'a déclaré, tout de go :

— Faudra vous occuper de moi.

— Que croyez-vous que je suis occupée à faire, madame ? lui ai-je répondu sans me démonter.

Elle m'a fixée de ses petits yeux de hyène et m'a répliqué d'une voix glaçante :

— Vous voyez très bien ce dont je veux vous parler.

— Je ne comprends pas, lui ai-je répliqué répondu.

Elle a haussé le ton et m'a dit :

— Ne soyez pas stupide, jeune fille, avant sa mort, Charles m'a tout raconté.

Charles, un brave homme, mais un bavard impénitent.

Je suis devenue blême.

— J'en ai assez, c'est pour demain, a-t-elle dit, d'un ton péremptoire.

— Madame, lui ai-je dit, M. Charles était dans un état désespéré. Sa mort doit être vue comme une libération. Avec tout le respect que je vous dois, je ne peux comparer votre cas au sien. Certes, vous n'êtes plus toute jeune mais, une fois votre pneumonie sous contrôle, rien ne s'opposera à ce que vous rentriez chez vous.

— Ainsi, vous jouez au Dieu tout-puissant, a-t-elle éructé. Vous décidez, comme bon vous semble, de qui peut ou doit mourir. J'en ai assez, vous m'entendez ? J'en ai assez de vivre ! Vous vous occuperez de moi, compris ?

— Mais arrêtez, vous êtes folle, lui ai-je dit, désemparée par la tournure prise par la conversation.

— Demain, vous m'entendez, demain ! m'a-t-elle alors ordonné, avant d'être rattrapée par une quinte de toux aux crachats sanguinolents.

Affolée, je suis sortie sans plus attendre de la chambre.

Le lendemain, dernière nuit de ma semaine, j'ai demandé à ma collègue Anne de me remplacer.

Cela me laissait, croyais-je, une bonne semaine de réflexion !

***

Deux jours plus tard, vers dix heures, alors que je me prélassais au lit à l'occasion d'une grasse matinée, papa a frappé à la porte de ma chambre. J'ai trouvé cela bizarre car ce n'était vraiment pas dans ses habitudes de venir m'éveiller.

— Ouais, entre, ai-je répondu tout en baillant.

À son air surpris, j'ai compris tout de suite que quelque chose clochait.

— Mathilde, il y a deux types qui voudraient te parler, a-t-il dit.

— Deux types ? ai-je demandé tout en essayant de me contenir.

— Des flics, a-t-il ajouté, tout bas.

— Sûrement une erreur, lui ai-je dit, alors que le sang m'affluait aux tempes.

— Ouais, de toute manière, tous des cons, a-t-il dit en me lançant un clin d'œil. Allez, je m'en vais leur dire que tu arrives.

Et il est sorti, nullement inquiet.

Vieille garce de Françoise, elle avait tout balancé aux poulets, j'en étais sûre.

Je me suis habillée en quatrième vitesse. Puis, j'ai ramassé un sac et, après y avoir entassé quelques fringues, je suis passée sur le balcon de ma chambre et j'ai emprunté l'escalier de secours situé le long du mur. Alors, j'ai dévalé les cinq étages quatre à quatre et, une fois dans le jardin de l'immeuble, j'ai détalé comme un lapin.

Les pourris, ils ne me coinceront pas aussi facilement, me suis-je dit, pendant ma fuite.

***

Tout en longeant les murs, je me suis dirigée, la tête basse et d'un pas alerte, vers la station de métro, située à un peu plus de dix minutes de marche.

La rame que j'ai empruntée m'a amenée en gare de Lille Europe. J'y ai acheté au guichet un billet pour le premier TGV en partance vers le sud. En cette période estivale, il m'a semblé que c'était une bonne idée, pour passer inaperçue, de partir vers un endroit fréquenté par de nombreux touristes.

Le train était bondé mais nul ne m'a prêté attention. Je me suis alors un peu détendue et j'ai réfléchi. Je me suis dit qu'un avis de recherche à mon nom, et sur lequel trônerait probablement ma photo, allait être lancé dans tous les commissariats de France d'ici peu. J'allais donc devoir la jouer serrée et changer de look au plus tôt. Je me suis acheté un sandwich au wagon bar et, après l'avoir dévoré, j'ai fermé les yeux. Comme assommée, je me suis assoupie aussitôt et j'ai plongé dans un demi-sommeil peuplé de cauchemars. Puis, j'ai regardé défiler le paysage et, un peu moins de cinq heures plus tard, j'ai débarqué à Marseille d'où j'ai emprunté directement la correspondance pour Martigues, le seul endroit dont j'avais connaissance d'un vague point de chute : le camping dans lequel je devais me rendre avec Juliette et les mecs, il y a deux ans déjà.

Arrivée en gare de Lavéra vers dix-huit heures, j'ai cherché un petit hôtel où passer la nuit et j'ai franchi le seuil de celui-ci, à moins d'un kilomètre de la gare, vingt minutes plus tard. Par chance, il restait une chambre de disponible, assez vétuste mais propre, pour deux nuits. Ouf ! cela allait me permettre de respirer. J'ai alors pris une douche, je me suis changée et je suis partie découvrir les environs. Un peu perdue, je me suis installée au hasard à la terrasse d'un restaurant italien et j'y ai mangé une pizza et bu du vin. En cette soirée de début juillet, la température était idéale et les gens, attablés autour de moi, semblaient heureux et riaient beaucoup. Pour profiter un peu plus longtemps encore de cette ambiance festive, j'ai commandé une deuxième carafe de chianti. Alors, une douce torpeur m'a envahie peu à peu et, malgré les tuiles qui s'amoncelaient, je me suis sentie merveilleusement bien.

Il était plus de minuit lorsque je me suis écroulée sur mon lit, toute requinquée.

— Sacrée journée, me suis-je dit, avant de m'endormir, sereine.

***

Le lendemain matin, je me suis levée vers neuf heures avec un puissant mal de crâne. Au petit-déjeuner, servi en salle, je me suis contentée d'avaler à la hâte une biscotte à la confiture et deux tasses de café. Comme je l'espérais, personne ne m'a adressé la parole. À dix heures, je suis sortie pour dénicher un salon de coiffure. Sans hésiter, je suis entrée dans le premier trouvé sur mon chemin. Je me suis approchée du comptoir derrière lequel trônait une femme entre deux âges, tirée à quatre épingles.

— Bonjour Madame, que puis-je pour vous ? m'a-t-elle demandé, un sourire courtois aux lèvres.

Prise d'un accès soudain de panique, j'ai failli faire demi-tour et quitter le salon aussitôt mais, tant bien que mal, j'ai finalement réussi à me contenir et, le plus sereinement possible, je lui ai répondu :

— Bonjour, heu, voilà, je n'ai pas rendez-vous mais je souhaiterais qu'on me fasse une coupe et une teinture.

— Oh, je crains que cela ne soit pas possible ! s'est-elle exclamée d'une voix de pinson. Un instant, je vais tout de même voir ce qu'il est possible d'envisager.

Elle a saisi son agenda noir et, après l'avoir longuement consulté, elle a relevé la tête et m'a annoncé, radieuse :

— Allez, cela devrait pouvoir s'arranger, ma petite dame. Je vous appelle notre Claude.

« Ma petite dame, notre Claude, non mais, tu t'es vue, grosse connasse fardée comme une pute », ai-je pensé, tout en la gratifiant d'un sourire angélique.

Et alors que je m'attendais à voir apparaître, allez savoir pourquoi, un petit blond efféminé aux allures de cocotte, un grand brun aux pectoraux développés a surgi devant moi.

— Mademoiselle, si vous voulez bien me suivre, a-t-il dit.

« Mais je te suivrais bien jusqu'au bout du monde, bel apollon à l'accent chantant », ai-je aussitôt pensé.

— Si vous souhaitez changer de look, la coupe blonde carrée dégradée est très tendance cet été, a dit Claude, après que je me suis assise.

Je me suis observée dans le miroir.

« Y'a pas de doute, passer de cheveux longs, châtain foncé, à courts, blond platine, cela va me transformer. »

Si vous croyez que cela me conviendra, vous avez carte blanche, ai-je dit.

L'air satisfait, il a lancé :

— Bravo, bon choix. Nous pouvons passer au shampooing, ma jolie.

***

Claude aime parler.

Claude adore parler.

Claude est un véritable moulin à paroles !

Après quelques minutes en sa compagnie, j'avais presque tout appris sur lui : il a 25 ans, est originaire de Toulon et habite Martigues depuis trois ans. Il a commis quelques bêtises dans sa jeunesse mais maintenant, il est rangé des affaires, comme il dit. Il se revendique bisexuel et adore papillonner mais il est seul pour le moment. Tabassé par son père durant son enfance, il a quitté le toit familial le jour de ses dix-huit ans et ne fréquente plus sa famille depuis lors...

Mais alors que je me laissais doucement bercer par son babil ininterrompu, il m'a demandé :

— Mais dites-moi, avec votre accent, vous n'êtes pas de la région. Vous êtes en vacances ici ?

Prise au dépourvu, j'ai paniqué et je lui ai répondu :

— Non, pas exactement.

Puis, après quelques secondes de silence, j'ai ajouté :

— Je suis chti.

— Une chti. Quelle merveille ! s'est-il exclamé, joyeux, avant de se lancer dans une imitation ratée de l'accent du Nord.

« Ce type, c'est peut-être ta chance », ai-je pensé alors et je lui ai dit :

— Je cherche un toit et du boulot. Vous n'auriez pas une idée ?

Il est soudainement devenu sérieux et, d'une intonation beaucoup plus basse, il m'a demandé :

— Vous sortez de cabane, c'est ça ?

Je l'ai regardé, interdite.

Il a continué :

— Oh, ne vous inquiétez pas, comme je vous l'ai confié tout à l'heure, moi aussi, j'en ai commis des bêtises ! Vous savez, si quelqu'un souhaite changer de physionomie, recherche un toit, un boulot et arrive en ligne droite d'une autre région du pays, faut pas être flic pour imaginer qu'il y a anguille sous roche.

Je ne l'ai pas contredit et je lui ai simplement répondu :

— Je m'appelle Juliette. Vous pouvez m'aider ?

Le soir même, sous mon prénom d'emprunt — hommage posthume à mon amie —, j'avais emménagé chez lui et, pas plus tard que le lendemain midi, j'étais engagée comme serveuse dans le resto de son pote Lucas.

— Et t'inquiète pas, t'auras pas besoin de papiers pour travailler chez lui, m'avait-il bien précisé.

***

Le hasard peut, parfois, être merveilleux.

Jamais, même dans mes rêves les plus fous, je n'aurais pu imaginer qu'un type pareil puisse s'intéresser à moi.

Pourtant, depuis trois semaines, ce mec adorable me câline à longueur de journée.

C'est inouï mais, pour un peu, je me mettrais maintenant à croire aux histoires de princes charmants !

Rieur et blagueur, Claude déborde d'enthousiasme du lever au coucher. Toujours de bonne humeur, il est le remède idéal à ma déprime et il illumine toutes mes journées.

Peuchère, ce n'était donc pas de la foutaise cette légende du beau méditerranéen, pareil au soleil éclatant qui brille chaque jour de mille feux !

De plus, cerise sur le gâteau, au pieu, c'est un Dieu ! Grâce à lui, j'ai enfin pu redécouvrir mon corps et les plaisirs invraisemblables de l'abandon sexuel ! Car bien sûr, il n'a pas fallu longtemps pour que je cède à ses avances.

Ah, y'a pas à dire, à ses côtés, j'ai vite oublié le Nord et les emmerdes abyssales que j'y ai laissées !

Mais ce matin, bien que je m'étais pourtant juré de ne plus penser du tout à ces histoires déprimantes, j'ai quand même pris le risque d'appeler mon père au boulot, pour le rassurer.

Je n'aurais vraiment pas dû car, tel un boomerang, le passé m'est revenu aussitôt en pleine poire.

— Mathilde, dis-moi que ce n'est pas vrai. Dis-moi que tu n'as pas ces crimes affreux sur la conscience, m'a-t-il dit.

— Mais papa, ce ne sont pas des crimes, ce sont des actes merveilleux d'entraide, lui ai-je répondu.

— T'es folle, les poulets sont à tes trousses, tu vas te faire coffrer et tu l'auras bien mérité, m'a-t-il lancé, furieux.

Profondément déçue et irritée par son incompréhension, j'ai raccroché aussitôt et j'ai regretté de l'avoir contacté.

Enfin, je suis maintenant certaine d'une chose : les flics ne m'ont pas oubliée.

Et merde, je ne veux pas moisir en prison.

Mais si mon propre père me condamne déjà sans autre forme de procès, je peux imaginer de ce qu'il en serait des inconnus amenés à me juger.

Ouais, où que je sois, plus que jamais, il me faudra à présent redoubler d'attention. Et surtout au resto ! Enfin, avec ma nouvelle coupe et les fausses lunettes de vue, à la monture imposante, que je porte, je suis tout de même à des années-lumière de la femme que j'étais là-bas.

Je croise les doigts et veux croire à ma bonne étoile.

Je veux tout oublier. Tout recommencer à zéro.

Rester avec lui.

Pour la vie !

***

Quinze août, fin de soirée. Grosse journée au restaurant, aujourd'hui. On a bossé comme des dingues. Après le service, Lucas nous a proposé de boire un verre avec lui. J'ai appelé Claude et il est venu nous rejoindre. Nous sommes cinq, attablés en terrasse, face à la mer. Outre Lucas, Claude et moi, il y a Sabine, ma collègue serveuse, et Gilles, le barman. La fin de saison approche et les affaires ont été florissantes. Lucas jubile. Il a sorti le champagne et il nous fait part de ses projets : il envisage d'ouvrir un deuxième resto, identique à celui-ci, du côté de Benidorm.

— L'hiver, c'est bourré de pensionnés pleins aux as, là-bas, dit-il. Donc, à Benidorm, la saison ne finit jamais réellement.

Gilles, qui connaît bien la Costa Blanca, approuve. Puis, Lucas demande à Claude si la gérance de l'établissement l'intéresserait. Comme celui-ci, surpris par la proposition, tarde à réagir, il ajoute :

— Avec Juliette comme associée, bien sûr. Je ne suis pas une brute : je ne vais pas demander aux tourtereaux de se séparer. Tu ne vas quand même pas couper des tifs toute ta vie, mec ?

— Ouais, pourquoi pas ? répond Claude, la tête dans les étoiles.

— Réfléchissez-y et on en reparle dans deux ou trois jours, dit Lucas. Et vous savez, l'espagnol, ce n'est pas aussi compliqué à apprendre que le chinois.

Alors, comme on est fortement imbibés, on éclate tous de rire.

La soirée se poursuit dans cette ambiance festive. Pour un rien, on rit comme des dingues.

Rêveuse, je me mets à y croire :

« Ah, cette idée de partir en Espagne me plaît ! Évidemment, pour y arriver, il me faudrait des faux papiers, mais avec ce roublard de Lucas, cela devrait pouvoir s'arranger facilement, j'en suis sûre. »

Puis, alors que l'on discute de tout et de rien, Sabine nous dit :

— Et cette dingue dans le Nord, vous en avez entendu parler ? Elle a supprimé au moins six vieillards à l'hosto où elle bossait. Ensuite, elle a disparu sans demander son reste, comme si de rien n'était. « Ah, tu m'emmerdes, vieux débris, allez, hop, je te zigouille ! » Imaginez si on devait se débarrasser ici de tous les clients grincheux. Mais enfin, encore heureux qu'elle se soit volatilisée, car si elle avait continué son manège infernal, sûr qu'il y aurait eu moins de clients à Benidorm cet hiver.

Et les voilà qui s'esclaffent tandis que je reste de marbre.

Médusée par les propos de Sabine, je ne peux, en effet, masquer mon désarroi. Cependant, Claude semble être le seul à avoir perçu le trouble profond qui m'habite.

Tout en m'observant du coin de l'œil, il demande à Sabine :

— Mais c'est quoi cette histoire ? Je n'en ai jamais entendu parler. Tu nous racontes des bobards ou quoi ?

— Non, non je t'assure, elle est bien réelle, lui répond Sabine, redevenue un peu plus sérieuse. C'est passé à la télé ce midi. Ils ont même montré sa photo. Et je ne te dis pas la Mathilde — c'est son prénom —, elle a un bel air de tueuse.

Je me sens horriblement mal. Faut que je fasse quelque chose avant de m'effondrer. Je lève les yeux, observe la voûte céleste, le magnifique ciel étoilé.

— Oh, regardez, une étoile filante, dis-je.

— Un vœu, vite un vœu, me répond Sabine.

***

— Mais merde, comment as-tu pu me cacher ça ? me demande Claude, effondré sur le sofa.

Il a le visage gris, fermé. Pour la première fois depuis notre rencontre, et j'en suis la seule responsable, toute joie semble avoir déserté son être.

Comment ai-je pu croire, une seule minute, une seule seconde, pouvoir échapper au passé ? Tout cela s'est, maintenant, j'en suis consciente, irrémédiablement déglingué.

Sur le chemin du retour, il n'avait pas pipé un mot mais, dès notre entrée à la maison, il m'avait demandé si j'avais quelque chose à voir avec l'histoire de cette dingue.

Ébranlée, j'avais d'abord pensé tout nier en bloc mais, finalement, j'avais refusé de m'enfoncer plus encore dans le mensonge et, sans autre choix, je lui avais avoué. Tout avoué !

Il s'était d'abord contenté de m'écouter en silence, sans broncher. Puis, au plus fort de ma confession, les larmes avaient coulé sur ses joues et, quand je m'étais enfin arrêtée, il m'avait regardée longuement, tristement. Dans son regard froid, j'avais lu alors une profonde désillusion.

Très maladroitement, je lui réponds :

— Mais, toi aussi, tu me caches peut-être des choses.

— Parce que tu crois que, moi aussi, j'ai du sang sur les mains ? me demande-t-il, ulcéré. Mais bon Dieu, ma pauvre, moi je croyais que t'avais séjourné un peu en taule ou que t'étais recherchée pour des histoires banales de vol ou de drogue, mais pas que t'étais en cavale pour avoir buté des pauvres vieux.

— Ils m'ont implorée pour que je le fasse Claude, je t'assure. Et puis, j'aurais bien fini par tout te raconter, lui dis-je, en pleurnichant.

— Ouais, et t'aurais aussi fini par me dire un jour, après avoir mis au monde notre deuxième enfant, peut-être, que tu ne te prénommes pas Juliette mais Mathilde. « Oh ! chéri, au fait, j'y pense, mon vrai prénom, c'est Mathilde. Juliette, c'était juste pour la galerie. » Non, tu m'as fameusement entubé, Mathilde. Mathilde comment, au fait ? Ah ! mais c'est vrai, il me suffit d'ouvrir le journal et je le saurai. Purée, mais pourquoi a-t-il donc fallu que je tombe raide dingue de toi ?

Je l'implore :

— Mon amour, je t'en supplie. Pardon, j'ai été la reine des connes. J'aurais dû tout t'avouer, tout de suite, je le sais. Mais je t'aime, Claude. Dans ma nouvelle vie, y'a que toi, tu m'entends, rien que toi. Le reste, c'est du pipeau. J'ai jamais été aussi heureuse que durant ces six dernières semaines. Je ne veux pas que tout cela s'arrête. Je te veux près de moi, toujours, tu comprends ?

Il me toise un moment puis lâche froidement :

— C'est trop tard. Plus jamais, je ne pourrai te faire confiance. Plus jamais !

Dévastée par ce coup de poignard, je me jette à ses pieds.

Mais alors que je l'implore, gémissante, il m'assène, d'un ton ne souffrant aucune réplique :

— Tu peux dormir dans le sofa cette nuit mais, demain, quand je rentrerai du salon, je veux que tu aies déguerpi.

Puis, il fait mine de se lever pour se diriger vers la chambre.

Désespérée, j'agrippe ses jambes pour tenter de l'empêcher de s'éloigner mais, comme il tente de se dégager de mon étreinte, il perd l'équilibre et son pied droit me percute violemment la tempe.

Aussitôt, je m'effondre, sans connaissance.

***

Un bruit de sonnette sur laquelle on s'acharne et des coups frappés avec violence à la porte d'entrée me ramènent à la vie.

Lentement, j'émerge de mon inconscience. Je soulève les paupières mais, éblouie par la lumière, je les referme aussitôt : le jour s'est levé depuis belle lurette et le soleil inonde la pièce d'une forte clarté.

J'ai mal à la tête et les battements de mon cœur me cognent la tempe. Lentement, je tente de reprendre mes esprits.

La sonnerie.

Encore et encore.

Puis, une voix, suppliante : « Juliette, bordel, je sais que t'es là. Magne-toi, ma belle. C'est grave ».

Je me force maintenant à ouvrir les yeux. Je m'aperçois, au travers d'un léger brouillard, que le tube à néon de la pièce est resté allumé.

J'arrive enfin à me soulever légèrement. Je suis allongée sur le sol, face contre terre, toujours habillée.

Très lentement, les événements de la veille me reviennent en mémoire et un désespoir incommensurable s'abat sur moi.

Les coups de sonnette et les appels reprennent. Il me semble reconnaître cette voix.

« Faut que j'ouvre, vite. »

Je me tourne sur le côté, je m'appuie sur un coude et je tente de me relever en prenant appui sur la table basse du salon. J'ai les jambes flageolantes. Tant bien que mal, je finis par arriver à cette satanée porte. Je l'ouvre.

Face à moi, Lucas, l'air désespéré.

C'est curieux, je le fréquente chaque jour depuis près de deux mois et je n'avais pourtant jamais remarqué les profonds cernes bleus qui marquent son visage.

— Lucas ! lui dis-je, d'une voix pâteuse.

Il me regarde bizarrement, pénètre dans la pièce, m'enserre de ses bras et me dit :

— Juliette, ma pauvre Juliette, c'est horrible !

Je n'ai pas la moindre idée de ce dont il me parle.

— Faut que tu sois forte, ma poule. Ah ! merde, comment t'expliquer ?

— Mais parle donc, bon sang, lui dis-je, soudainement éveillée.

— C'est Claude. C'est Claude ; il a été buté !

J'ai du mal à saisir le sens de ses paroles.

Incrédule, je lui demande :

— Claude buté ! Mais qu'est-ce que tu me racontes comme salade ?

— Sa patronne m'a appelé Juliette, il n'y a pas plus d'une heure. Lucien, son mec, un petit gringalet qui joue les caïds, est sorti de taule ce matin et la première chose qu'il ait trouvé à faire, cet enfoiré de mes deux, est d'aller nicher deux pruneaux dans le corps de ce malheureux Claude. Il avait appris en prison que celui-ci le trompait et qu'il couchait avec toi, une femme ! Et ce connard ne l'a pas supporté. Et merde, combien de fois ne l'avais-je pas dit à Claude que ce mec est un frappadingue.

Anéantie, je hurle :

— Mais Claude, il est où ? Il est où ?

— Mais Claude est mort, ma chérie, tout ce qu'il y a de plus mort, me répond-il, d'une voix brisée.

Pour la seconde fois en moins de douze heures, le ciel vient de me tomber sur la tête et, sans que j'en aie réellement conscience, un cri de désespoir me sort du fond des entrailles.

***

Après l'enterrement, Lucas a proposé de m'héberger chez lui, le temps de me retourner. Voilà quatre semaines que j'occupe une chambre dans son appartement au-dessus du resto. Bien qu'il ait insisté pour que je prenne un peu de repos, j'ai préféré, pour ne pas perdre pied, continuer à bosser. L'abrutissement dans le travail, un classique pour tenter d'oublier.

Je suis tombée des nues quand, hier, alors que nous discutions sur la terrasse en dégustant un verre de cognac après le service, Lucas m'a avoué, les larmes aux yeux, que, lui aussi, avait été l'amant de Claude.

« Décidément, tout le monde couche avec tout le monde dans ce bled », ai-je alors pensé.

Ensuite, pour nous consoler, nous nous sommes rapprochés et, à notre tour, nous avons fait l'amour. Ce fut tendre et doux, en souvenir de Claude.

« Avec tes nichons minuscules, ta taille de guêpe et ton petit cul, t'es plus belle qu'un mec », m'a dit Lucas.

De sa part, cela m'a touchée. Mais cela restera sans lendemain. Nous nous le sommes promis.

Sa proposition pour l'Espagne tient toujours. Gilles devrait simplement remplacer Claude. C'est un gars sympa mais je ne me vois pas me lancer dans cette nouvelle aventure avec lui.

Je n'ai pas parlé de ma dernière nuit avec Claude à Lucas. Pour lui, notre couple c'était toujours du solide : à la vie, à la mort !

Les flics n'ont pas encore retrouvé Lucien. Ce genre d'enquête ne fait pas partie de leurs priorités.

« Que cette racaille s'entre-tue donc », doit être leur principe.

Moi, je rêve de le débusquer, cet enfoiré. J'en avais d'ailleurs parlé, il y a quelques jours, à Lucas.

— T'inquiète pas ma poule, m'avait-il alors répondu, ce type-là, un jour ou l'autre, on va le coincer.

Je ne sais pas qui se cachait derrière ce « on », mais toujours est-il qu'en parcourant la une du journal local ce matin, j'ai appris qu'il avait été retrouvé dans le coffre d'une voiture abandonnée sur le parking de l'hypermarché du centre commercial. Il était nu, avait la gorge tranchée et avait été émasculé. « Règlement de comptes dans le milieu » titrait le journaliste.

Après avoir lu l'article, j'ai parcouru rapidement les autres pages du canard et je suis tombée, presque par hasard, sur cet entrefilet étonnant me concernant :

« Rebondissement dans l'affaire de la tueuse de Tourcoing : Françoise F, 88 ans, qui avait révélé les agissements suspects de Mathilde V, l'infirmière toujours en cavale, a été retrouvée pendue jeudi soir en son domicile à Tourcoing. Une lettre dans laquelle elle soutiendrait que Mathilde V aurait agi à la demande exclusive des patients décédés, aurait été retrouvée près de la dépouille. La police poursuit ses investigations. »

Perplexe, je repose le journal.

Six octobre 2016 : vingt-sept mois exactement aujourd'hui depuis l'accident ; vingt-sept mois exactement aujourd'hui que ma vie a basculé.

Je suis lasse. Tellement lasse…

***

Cette nuit, maman est revenue !

Quand j'ai ouvert les yeux, elle était assise près de moi, au bord du lit. Elle portait le même petit ensemble bleu que lors de sa première visite. Elle est toujours aussi belle.

— Maman, c'est toi ! Comme tu m'as manqué, lui ai-je dit, follement heureuse de la revoir.

Elle n'a pas répondu. Elle s'est contentée de me serrer la main très, très fortement et de m'embrasser le front.

— T'as les lèvres toutes froides, lui ai-je fait remarquer. Elle m'a regardée tristement, a haussé légèrement les épaules et a souri.

Ensuite, elle est restée là, un long moment, immobile, à me fixer de son regard affectueux.

Peu à peu, j'ai senti une douce chaleur se répandre en moi.

Son amour inconditionnel a pénétré tout mon être.

— J'ai bien agi, n'est-ce pas, maman ? ai-je alors osé lui demander de ma voix de petite fille.

— Je t'aime ma chérie, m' a-t-elle simplement répondu.

Et elle s'est évaporée !

***

C'est décidé : ce soir, je rentre à la maison.

Avec papa, on regardera sûrement la télé.

Ensuite ?

Ensuite, on verra...

Un endroit si tranquille

Le délire a débuté peu après notre déménagement.

Auparavant, nous habitions une vieille fermette située à la campagne dans laquelle nous nous sentions bien. Nous y vivions sereinement ; nous y avions nos habitudes.

Mais, un jour, Sabine n'a plus supporté ces deux heures de trajet quotidien jusqu'à la ville.

Alors, nous avons décidé de nous en approcher.

Pendant des mois, nous avons squatté toutes les agences immobilières.

En vain : trop tard, trop cher, trop bruyant, trop délabré, trop moche, trop...

Nous désespérions.

Puis, enfin, notre rêve a pu se réaliser...

Au premier coup d'œil, nous avions été séduits.

D'un simple regard, nous nous étions compris et nous avions tenté tant bien que mal de cacher notre emballement auprès de l'agent immobilier car il était évidemment hors de question que le gaillard se sucre à nos dépens.

Après la visite, nous lui avions demandé quelques minutes de réflexion.

Il nous avait laissés seuls dans le living et nous nous étions d'abord embrassés longuement.

Ensuite, nous avions tenté de nous raisonner mutuellement car il était évident que nous ne pouvions nous endetter de façon inconsidérée pour acheter cette villa.

Mais, à son retour, il nous avait persuadés qu'il fallait que nous nous décidions très vite vu le nombre élevé de candidats acheteurs et il nous avait accordé un léger rabais sur le montant astronomique demandé.

Dès lors, nous avions cédé... comblés !

Deux mois plus tard, un beau jour de juin, un lourd crédit hypothécaire sur les épaules, nous avons emménagé dans la maison de nos rêves.

***

L'automne touche à sa fin.

Installé dans l'un des fauteuils de cuir du salon, ma pièce préférée, je sirote une bière et observe le chat qui explore le jardin à la recherche de musaraignes ou d'autres petites proies vivantes.

Je lève les yeux.

La vue est exceptionnelle.

Je ne m'en lasse pas.

Je crois que je ne m'en lasserai jamais.

Derrière la baie vitrée, au-delà de la terrasse, notre pelouse descend en pente douce et rejoint la forêt provinciale qui entoure toute la maison et s'étend jusqu'au lac, vers l'ouest, à perte de vue. La végétation y est luxuriante, la faune des plus diverses. Le centre-ville ne se situe à vol d'oiseau qu'à un peu plus de cinq kilomètres à l'est mais pourtant Sabine et moi avons le sentiment de vivre en pleine nature.

Loin des tracas, à l'écart de tous.

Seul un chemin piétonnier sillonnant les bois jouxte l'arrière de notre domaine, mais les passages y sont rares. Hormis quelques habitués, pas grand monde ne l'emprunte. Quand je contemple ce poumon vert, je ne me l'explique pas.

« L'humain aurait-il perdu à ce point le goût du contact avec la nature ? »

La construction est située plus d'un kilomètre au-delà de la lisière de la forêt. Son accès n'est possible que via un chemin privé, une ancienne route forestière. Six maisons y ont été construites tout le long, il y a une vingtaine d'années.

Que des permis de construire puissent avoir été octroyés à l'époque au milieu de cet écrin de verdure restera toujours pour moi un mystère ! Peut-on imaginer le nombre d'arbres qui ont dû être sacrifiés pour satisfaire quelques individus fortunés ? Ah, j'imagine les pots-de-vin qui ont été nécessaires pour soudoyer les responsables de l'urbanisme !

Nul ne peut décidément lutter contre cette triste réalité qui fait que tout s'achète, c'est évident.

Mais, comme me l'a dit Sabine, pragmatique, quand je lui ai fait part de ces réflexions :

« Tout cela est révoltant, bien sûr, mon amour, mais pourquoi s'en plaindre en définitive, puisqu'à notre tour, nous en profitons. »

Et, en bonne écologiste, d'ajouter :

« Tâchons simplement que ces erreurs passées ne puissent plus se reproduire. »

Je ne peux lui donner tort.

Nous occupons la dernière villa, la plus éloignée, située tout au bout du chemin.

André et Ariane, un député à la retraite et son épouse, sont nos seuls voisins.

Nous les évitons soigneusement.

Autant que possible, nous vivons reclus dans notre paradis vert.

***

Près de sept heures, le soir tombe et l'obscurité prend doucement possession des alentours. Des nuées d'oiseaux entament leur dernière ronde avant de regagner leurs abris pour la nuit. Leurs cris qui transpercent le ciel me réjouissent.

Je ferme les yeux. L'espace d'un instant, je vole en leur compagnie.

Mon estomac qui tiraille m'arrache à ma rêverie.

Le physique reprend le dessus : j'ai faim.

Sabine ne devrait plus tarder. Que nous aura-t-elle acheté ? Jeudi : je parie sur du chinois.

Mon épouse ne déteste pas cuisiner mais ses occupations professionnelles ne lui en laissent guère la possibilité : les journées d'un clerc de notaire commencent tôt et se terminent tard.

Chaque matin, vêtue d'une veste fluo et un casque sur la tête, elle se rend au travail à bicyclette. Elle fait partie de ces véritables écolos qui sont persuadés qu'ils peuvent participer par leurs actions, aussi modestes soient-elles, à sauver le monde ou, du moins, à éviter sa destruction. Je la laisse à ses douces illusions.

Difficile à gérer, cependant, car un clerc de notaire de sexe féminin, en province de surcroît, cela porte obligatoirement jupe, tailleur et talons hauts.

Mais ma femme est organisée : elle possède un vestiaire personnel avec douche et garde-robe à l'étude. Hop, en deux temps, trois mouvements, la cycliste verte s'y transforme en femme d'affaires.

Lorsqu'elle rentre le soir, épuisée, il me suffit, si l'envie de la charrier me prend, de lui parler sur un ton mesquin de son petit boulot merdique de rond-de-cuir ou de gratte-papier. Aussitôt, à coup sûr, elle hausse le ton, s'emporte et, inévitablement, réplique en me reprochant, moi, l'auteur « renommé » de bandes dessinées, de glander à longueur de journée. Et là, évidemment, c'est l'escalade : nous embarquons dans une fausse querelle d'amoureux qui, pour notre plus grand plaisir, se résout généralement un peu plus tard au plumard.

Ah, comme je l'aime !

Bonheur partagé, je crois.

Douze ans déjà !

***

Je file à la cuisine, j'ouvre la porte du frigo et je constate, comme je m'en doutais, que hormis quelques bières, un ravier de beurre rance et un pot de ketchup, il est désespérément vide.

« Les courses, j'ai oublié les courses ! Je suis impardonnable. Cela va encore être ma fête. »

Par dépit, je me sers une deuxième bière et je retourne m'affaler dans le fauteuil.

Je me sens usé, tellement usé.

« À quarante-six ans. Ne déconne pas, Tom » me dis-je.

Puis, une pensée cocasse m'arrache un sourire :

« Ouais, l'hiver approche et si tu veux continuer à honorer convenablement Sabine — neuf ans de moins que toi, quand même —, faudra que tu penses à t'acheter un complexe vitaminé ».

Mais soudain, alors que cette idée saugrenue m'amuse encore, je distingue, vision bizarre autant qu'étrange, au travers de la baie vitrée, à la lueur de la lune, Ariane, la voisine, surgir des buissons, près du bois.

J'écarquille les yeux : il n'y a aucun doute, c'est bien elle, vêtue d'une unique chemise de nuit blanche !

Je dois cependant halluciner car elle se met maintenant à traverser ma pelouse en direction de son logis en se déplaçant comme une ballerine qui esquisserait des entrechats !

Tout à coup, elle s'arrête brusquement et, comme pétrifiée, elle tourne lentement la tête dans ma direction et me lance un regard froid de spectre.

Surpris, je me rapetisse autant que possible dans le canapé. Je n'y comprends rien car, j'en suis sûr, la vieille ne peut m'apercevoir : je n'ai pas allumé et la pièce est plongée dans une obscurité quasi totale.

Puis, soudain, elle reprend sa marche chaloupée, et se dirige droit vers moi !

Pris d'un accès de terreur subit, je reste absolument immobile et me refuse autant que possible de respirer.

Seigneur, elle est à moins d'un mètre, je la vois distinctement à présent !

Lentement, elle colle son visage, d'une pâleur cadavérique, sur la vitre et scrute mon intérieur. Ensuite, elle ouvre la bouche, en sort une langue toute bleue et elle se met à lécher goulûment le vitrage.

Je me liquéfie.

Je me liquéfie car ma voisine, ma chère voisine, cette brave sexagénaire tellement bien de sa personne, tellement aimable, tellement souriante, tellement avenante habituellement, en plus d'être terrifiante ce soir de pleine lune, tient dans la main droite un énorme couteau de cuisine.

Un énorme couteau de cuisine ensanglanté !

Tout comme est ensanglantée, je le distingue parfaitement à présent, cette chemise de nuit blanche qui lui dessine pleinement les formes !

Tout comme est ensanglanté son visage terrifiant !

**

Une brusque clarté qui envahit la pièce m'arrache à cette vision d'horreur.

Puis, une voix interrogative :

— Mais qu'est-ce que tu fabriques dans le noir ?

— Éteins, éteins vite, je t'en prie.

Sabine ne comprend manifestement pas le motif de ma requête mais mon ton suppliant doit l'avoir déconcertée car elle s'exécute sans broncher.

Je retourne la tête vers la baie vitrée.

Personne. Il n'y a plus personne !

Je me lève, je m'approche de la fenêtre sur laquelle la salive de la vieille doit encore dégouliner.

Rien. Pas le moindre crachat !

J'ouvre, je me précipite dans le jardin à la recherche de pas, de traces, d'indices.

L'herbe est impeccable. Intacte ! Pas le moindre brin d'herbe n'a été froissé.

Sabine m'interpelle :

— Je peux savoir ce que tu cherches ?

Que pourrais-je lui expliquer ? Je bafouille :

— Euh, il me semblait avoir aperçu un faon.

— Et bien, avec le ramdam que tu fais, il doit être loin à présent ton faon, me répond-elle.

— Ouais, t'as raison, lui dis-je.

Je rentre, la tête basse. Elle s'approche de moi, m'observe et me dit, gentiment, comme si elle s'adressait à un enfant :

— Comme t'es pâle. On croirait que t'as vu la queue du diable.

Je m'efforce de lui sourire.

Elle disparaît dans la cuisine. J'entends le bruit de la porte du frigo. J'attends ses reproches. Ils ne tardent pas.

— Merde, Tom, t'es pas possible, t'as encore oublié les provisions !

Je me revois gamin. J'entends ma mère me reprocher à longueur d'années mes distractions continues.

Confus, je hausse les épaules.

— C'est pas grave, dit-elle tout en s'approchant. Elle appose ses lèvres sur les miennes et y dépose un baiser léger. Je la sens de joyeuse humeur.

— T'as faim ? me demande-t-elle, les yeux pétillants.

Tout penaud, je lui réponds :

— Euh, oui.

— Tu ne devineras jamais ce que je nous ai acheté pour dîner ?

— Chinois, lui dis-je instantanément.

— Comment t'as pu deviner ! s'exclame-t-elle.

***

Le repas était délicieux. Comme toujours chez ce traiteur asiatique.

Nous avons débuté avec des satés au poulet et poursuivi avec un plat de crevettes chinoises accompagnées d'une sauce Ma-Lag très piquante mais savoureuse.

La bouteille de Chardonnay que j'avais ouverte est à présent vide.

Au cours du dîner, nous avons beaucoup discuté.

De tout et de rien.

Surtout de rien.

De sa journée, de ses clients, de mon album qui n'avance pas, de nos prochaines vacances.

Pas de politique. Pas de l'état désastreux du monde. Pas de mon envie de la voir enfanter... Aucun des sujets qui nous fâchent.

Je suis calme maintenant.

Je devais m'être à demi endormi tout à l'heure, avoir rêvé.

Je n'y pense plus.

Nous nous installons dans le sofa. Je lance via la télécommande la musique de « Dark Side of the Moon » de « Pink Floyd ».

— Manque plus qu'un joint, me lâche Sabine.

— Réflexion indigne d'un gratte-papier, ma chérie.

Elle porte une robe courte et moulante qui la rend particulièrement sexy. Lorsqu'elle était revenue s'attabler ainsi vêtue, tout à l'heure, après avoir pris sa douche, j'avais compris que je ne m'étais pas trompé quant à son humeur joyeuse.

— Embrasse-moi, me dit-elle.

Je m'approche au plus près d'elle.

— Partout, ajoute-t-elle, lascivement.

Je l'enserre dans mes bras.

Nous nous embarquons alors dans une partition mille et une fois exécutée mais toujours renouvelée.

Nous sommes nus à présent, unis dans de subtils mouvements de va-et-vient, quand, inconsciemment, je lève la tête et jette un regard en direction des ténèbres du jardin.

Et là ! Là, je la vois, tapie dans l'obscurité, occupée à nous observer. Là, Ariane, la vieille Ariane, le couteau toujours à la main, se délecte du spectacle.

Je sursaute, pousse un cri et débande instantanément.

Arrachée à son extase, Sabine n'y comprend rien. Elle prend peur.

— Tom, Tom, ça ne va pas ?

— Ah ! un mal de crâne atroce, lui dis-je tout en m'écartant d'elle.

— Mon pauvre chéri, manquait plus que ça, me lance-t-elle, désabusée. Mais ne t'inquiète pas, il paraît que c'est fréquent pendant la jouissance chez les hommes. Une petite pilule et tu n'y penseras plus.

Aussitôt, elle se lève et se précipite dans la salle de bains afin de m'en ramener un cachet d'aspirine.

« Décidément, je ne consulte pas assez internet et les sites consacrés à la médecine ; j'avais jamais entendu parler de cela » pensé-je, furtivement, avant d'enfiler mon slip en quatrième vitesse et de filer fermer toutes les persiennes.

« C'est quoi ce bordel ? »

***

Dieu que cette nuit a été pénible : cent fois au cours de celle-ci, Sabine, au comble de l'angoisse, m'a secoué vigoureusement pour vérifier si je n'avais pas été victime d'un AVC !

Et ce matin, toujours pas rassurée, elle a insisté, avant de partir travailler, pour que j'appelle le médecin.

J'ai alors tenté de la tranquilliser le mieux possible sur mon état de santé, mais je ne pouvais tout de même pas lui avouer que ce mal de tête n'avait jamais existé. Et encore moins lui parler de la voisine. Elle m'aurait pris pour un fou.

Je me prépare un café. J'espère que cela me redonnera un peu d'énergie.

Faut que je travaille, que j'avance dans mes planches. L'échéance approche.

Mais aujourd'hui, j'ai d'autres priorités.

Je prends une douche, m'habille chaudement, chausse mes Nike et sors dans le jardin.

Le temps est frais et humide. D'épais nuages obscurcissent le ciel. Je frissonne.

Je me dirige vers l'endroit d'où j'ai vu surgir la voisine hier soir et je pars à la recherche d'indices.

Très vite, je remarque un espace moins touffu entre deux buissons. Le passage est étroit. Je m'y engouffre et essaie d'éviter tant bien que mal de m'écorcher les mains aux tiges épineuses qui le parsèment. Après une dizaine de mètres, j'atteins la clôture déterminant les limites de ma propriété. Le long de celle-ci, un portillon en bois dont j'ignorais l'existence jusqu'à aujourd'hui permet d'accéder directement à la forêt provinciale. Je l'ouvre, je le franchis et je rejoins en quelques pas le chemin piétonnier. Je remarque ensuite que ce chemin suit parfaitement la clôture sur une bonne distance avant de bifurquer brusquement. Curieux, je l'emprunte et, à hauteur de la propriété de nos voisins, j'aperçois un portillon identique au mien. Je ne résiste pas à la tentation de l'ouvrir et, comme je m'y attendais, j'y découvre le même passage étroit que celui qui mène à mon jardin.

Moins d'une minute plus tard, la villa de mes voisins se dresse devant moi.

La demeure est bien plus imposante que la nôtre.

Je prends le temps de la détailler attentivement quand, soudain, je prends conscience que quiconque y séjourne peut aisément m'apercevoir.

Trop tard ! Au moment où j'effectue un brusque mouvement de demi-tour et m'apprête à rebrousser chemin, une voix masculine m'interpelle :

— Tom, c'est bien vous Tom ? Ah, sapristi, quelle surprise ! Vous m'avez saisi, cher ami. Si ma carabine avait été à portée, je vous aurais déjà envoyé une bonne salve de petits plombs dans les fesses. Vous les avez charnues, j'espère ?

Je me retourne.

Sur le perron, en costume cravate, tiré à quatre épingles, André, le mari d'Ariane !

Je suis pétrifié, rouge de honte. Je lui réponds maladroitement :

— Euh ! désolé, André, mais je me suis trompé de portillon.

« Tout comme ton épouse, hier soir », me dis-je aussi.

— Ah, ah ! grand distrait, va. Vous feriez une belle paire avec Ariane. Mais venez donc prendre une boisson à la maison, cher ami, me dit-il, d'un ton avenant.

Je n'ose refuser cette offre qui s'assimile presque à un ordre !

***

Dès notre première rencontre, je l'avais détesté.

Sa femme avait croisé Sabine peu après notre emménagement. Elles avaient échangé toutes deux quelques mots et elle en avait profité pour nous inviter à prendre le café chez eux le samedi suivant.

J'avais rechigné mais Sabine avait insisté.

Dès notre arrivée, il nous avait toisés d'un air condescendant difficilement supportable. Ancien député à présent à la retraite, imbu de sa supériorité, il m'avait passablement énervé.

— Ce type ne discute pas, il affirme. Les questions qu'il daigne vous poser n'appellent d'autres réponses que celles qu'il souhaite entendre, avais-je dit à Sabine en rentrant.

— T'inquiète, on ne les fréquentera pas, avait-elle répondu pour me calmer.

Puis, elle avait ajouté :

— Ariane est pourtant sympathique. C'est le genre de personne que l'on souhaiterait avoir comme mère.

— Arrête, tu l'as vue ? C'est le prototype de la petite-bourgeoise soumise à son petit Dieu de mari qui a passé sa vie à cancaner autour d'une tasse de thé avec d'autres femelles de son espèce. La reine des potins, avais-je dit, hors de moi.

Elle avait laissé tomber.

Depuis lors, hormis quelques brefs saluts échangés lors de rencontres impromptues, nous ne nous étions plus guère parlé.

Sur le pas de la porte, André me serre la main mollement et il m'invite à le suivre directement dans le salon. La maison est particulièrement cossue. Comme lors de ma première visite, nous nous installons dans les confortables fauteuils de cuir. La pièce est encombrée d'une multitude de bibelots coûteux. Les murs sont ornés de photos prises à l'occasion de cérémonies diverses. Sur la plupart des clichés, mon hôte trône souriant, entouré d'une ribambelle de personnages de son acabit. Tout est trop net, trop propre. Rien ne semble avoir été déplacé depuis mon dernier passage. J'ai l'impression de me trouver dans une pièce sans vie. Un véritable musée à la gloire de son propriétaire.

— Tom, quel plaisir de vous retrouver, cher ami. Que puis-je vous servir ? Voyons, dix heures trente : un peu tôt pour l'apéritif. Une soupe, peut-être ? Oui, cela vous réchauffera. Vous êtes transi, non ? Mais bon Dieu, quelle idée de vous balader dans le bois à cette heure matinale. Vous étiez à la recherche d'inspiration, certainement ? Ariane, ma chérie, veux-tu bien préparer un potage pour ce cher Tom ?

En quelques mots, il a pris l'ascendant. Comme il a dû le faire toute sa vie. Inutile de tenter de protester. La moutarde me monte au nez. Je déteste la soupe.

— Mais, dites-moi, comment se porte votre chère épouse ? me demande-t-il.

— Bien, merci.

— Son travail à l'étude doit beaucoup l'accaparer, je suppose. Enfin, quel beau métier, quand même. Et vous, toujours les petits dessins ?

Son ton est si méprisant que l'envie me vient de lui envoyer mon poing dans la figure. Je me contiens et je lui réponds :

— La sortie de mon nouvel album est prévue fin janvier. Mon éditeur espère que nous atteindrons, une nouvelle fois, les cinq cent mille exemplaires. Si vous le souhaitez, André, je me ferai un plaisir de vous en offrir un exemplaire dédicacé.

— Ah ! Ah ! je m'imagine lire une bande dessinée. Il y a certainement plus de soixante ans que je n'ai plus pratiqué cet exercice. Et à soixante-douze ans, c'est sûrement un peu tard pour m'y remettre, non ? Merci, tout de même, mon cher.

Je suis exaspéré. Inutile de discuter avec un tel crétin pour lequel la bande dessinée ne pourra jamais être assimilée à un art. Pour lui, c'est évident, je ne suis qu'un bohème qui vit aux crochets de sa femme.

Par bonheur, notre conversation est interrompue par la sonnerie de son téléphone portable.

— Vous m'excuserez un instant, me dit-il et il sort aussitôt de la pièce pour répondre.

À son retour, quelques instants plus tard, il semble contrarié :

— Désolé, cher ami, mais je dois m'absenter : un imprévu. Je vous laisse en compagnie de ma tendre moitié. Dégustez votre potage à l'aise et revenez nous voir quand vous le souhaitez. Lors de votre prochain passage dans notre jardin, pourquoi pas ?

Et, sans me laisser le temps de répondre, il s'éclipse en affichant un vilain sourire sardonique.

***

Le potage est bouillant. Je me suis brûlé la langue. La veste toujours sur les épaules, j'attrape chaud, très chaud.

Face à moi, Ariane qui me scrute, muette, avec ses petits yeux de fouine. Je suis mal à l'aise, excessivement mal à l'aise.

Dois-je lui parler ? Lui dire que je l'ai aperçue hier soir ? Qu'en fait, si je suis ici, dans sa maison, c'est à cause de cela. Que je voudrais comprendre. Qu'il est nécessaire qu'elle m'explique.

Des gouttes de sueur glacée commencent à me perler le front. J'étouffe.

Elle rompt enfin le silence :

— J'aimais beaucoup les anciens propriétaires de votre maison. Quelle triste fin, n'est-ce pas ?

Je suis interloqué. Je m'attendais à tout, sauf à cela. Je déglutis avant de lui répondre :

— Les anciens propriétaires ? Je ne sais pas. Que s'est-il passé ? Vous savez, Ariane, nous avons traité directement avec l'agence et, à vrai dire, lors de la signature de l'acte, nous n'avons pas cherché à savoir qui avait occupé la villa avant nous.

— Encore un peu de potage, Tom ? Les tomates sont du potager, savez-vous ?

À quel jeu joue-t-elle ?

— Volontiers, merci.

Et alors qu'elle se lève pour me servir, j'en profite pour la détailler. Elle est vêtue d'une veste tailleur jacquard noire, d'une jupe assortie et d'un chemisier ivoire de pure soie. Aux pieds, elle porte des escarpins à brides sur des bas de soie. Avec ses cheveux teints, coupés court, façon garçonne, sa taille de guêpe et son visage exempt de rides, on lui donnerait cinquante ans, tout au plus. Il se dégage de cette femme une évidente sensualité qui ne laisse pas indifférent.

« Sûr que malgré son âge, elle doit encore séduire. Oui, cette femme est encore désirable, incontestablement.

Je suis dingue. Il faut que je me ressaisisse. Bordel, il y a pas plus de douze heures, cette bonne femme se baladait sanguinolente et le couteau à la main dans mon jardin !

— Voilà, Tom, dit-elle en me présentant le bol.

— Vous me parliez des anciens propriétaires.

— Oh ! Tom, c'est horrible, me répond-elle en me saisissant la main. Figurez-vous que ces malheureux ont été retrouvés un beau matin dans leur chambre, votre chambre maintenant probablement, ligotés, bâillonnés et affreusement mutilés. Les organes génitaux de ce pauvre monsieur avaient été tranchés et placés dans la bouche de son épouse et leurs viscères avaient été entremêlés. Affreux, n'est-ce pas ? Mais, dites-moi, même si cette histoire s'est déroulée il y a plus de dix ans, cela m'étonne quand même que vous n'en ayez point eu connaissance. En tout cas, nul n'avait voulu acheter cette demeure depuis lors. Je suppose qu'un fameux rabais doit vous avoir été octroyé ?

Terrifié, je retire brusquement ma main de la sienne. Tout en me débitant ces horreurs, elle était occupée à me la caresser précieusement !

— Et le coupable ? lui dis-je, profondément perturbé.

— Dans la nature, me répond-elle calmement. Car voyez-vous, Tom, il n'y a que dans les séries policières à la télé que les assassins finissent toujours sous les verrous.

***

À peine rentré, je me précipite sur mon ordinateur, me branche sur Internet et tâche de retrouver via Google trace de la tuerie que m'a décrite ma voisine.

J'y passe deux heures mais j'ai beau chercher et rechercher, je ne retrouve rien.

Inimaginable, je n'y comprends que dalle.

Je décide alors de me rendre au siège du journal local afin de voir s'il est possible d'y consulter les archives.

L'employée à la réception me reçoit poliment, et, après m'avoir fait compléter une demande de consultation, elle m'amène devant une visionneuse qui doit me permettre de lire tous les anciens journaux microfilmés, classés par ordre de parution.

Deux heures plus tard, après avoir passé en revue toutes les unes des journaux des années 2004 à 2006, je ressors... bredouille.

Ensuite, avant de retourner à la maison, je passe, comme promis à Sabine, au supermarché afin d'y effectuer notre ré-approvisionnement hebdomadaire, mais j'ai beaucoup de mal à me concentrer sur la liste des courses, car cette histoire nébuleuse me trotte sans arrêt dans la tête.

Et alors que finalement, mais non sans peine, j'y suis arrivé et que, rêveur, j'attends mon tour dans la file à la caisse, je sens une main se poser sur mon épaule. Surpris, je me retourne et je me retrouve face à face avec Ariane, tout sourire.

— Deux fois dans la même journée. À croire que vous me cherchez, Tom, me dit-elle d'un regard amène.

— Oh ! Ariane, trois fois sur vingt-quatre heures, il ne peut plus s'agir de hasard, lui répliqué-je du tac au tac.

À son air interloqué, je comprends vite qu'elle n'a pas saisi le sens de ma réponse.

Mais, déjà, l'hôtesse de caisse attend mon paiement.

— À bientôt, Ariane.

— Passez à la maison quand vous le souhaitez, Tom.

Et, un clin d'œil à l'appui, elle ajoute :

— André n'est jamais présent les lundis et vendredis entre seize et dix-neuf heures.

« Dingue, mais cette sexagénaire est occupée à me draguer », me dis-je, troublé, en me dirigeant vers ma voiture.

Mais, aussitôt, son visage cadavérique plaqué sur mon vitrage me revient en mémoire !

***

Tandis que je range les victuailles dans le réfrigérateur et que j'imagine les atrocités qui se sont déroulées dans cette demeure, un moyen évident de retrouver la trace des anciens propriétaires de la maison me traverse subitement l'esprit : Sabine.

Sans même prendre le temps d'imaginer un quelconque stratagème pour ne pas l'inquiéter, je saisis alors mon téléphone portable et je l'appelle à l'étude.

— Salut, mon amour. Bonne nouvelle, le frigo est plein.

— Chouette cela, répond-elle, enjouée.

— Et le boulot, ça boume ?

— Tom, qu'est-ce qui te prend ? Tu t'intéresses à mon travail, à présent. Un vendredi après-midi, en plus. Et alors que dans un peu plus d'une heure, je rentre à la maison.

Puis, après avoir poussé un soupir, elle me demande, soucieuse :

— T'as vu le toubib ? Tout va bien, quand même ?

— Ne t'inquiète pas, tout est nickel, lui dis-je, avant d'ajouter :

— Je me demandais s'il te serait possible de retrouver dans ta paperasse à l'étude la trace des anciens propriétaires de notre villa.

— Pourquoi, tu as trouvé un vice caché dans la bicoque ? répond-elle, guillerette.

— Arrête, c'est sérieux, lui dis-je.

Et d'un ton solennel, j'ajoute :

— Ils ont été assassinés.

— Oh ! merde, les pauvres, répond-elle, stupéfaite.

Puis, après une courte pause, elle ajoute :

— Mais les médias n'en ont pas du tout parlé ?

— Si, probablement, mais il y a près de dix ans que le drame s'est déroulé, lui dis-je.

Et là, après un moment de silence, elle éclate de rire.

Sa réaction incongrue me laisse pantois.

Ensuite, après avoir repris son sérieux, elle dit :

— Mais qu'est-ce que tu m'inventes là, Tom ? Les proprios, les Menard, on les a rencontrés à l'étude, il n'y a pas six mois, lors de la signature de l'acte de vente. Tu ne l'as pas oublié tout de même ?

Et à ce moment, je me sens minable, tellement minable !

— À tantôt mon amour, lui dis-je, penaud, et je raccroche précipitamment.

***

Le soir même, alors que nous dégustions nos pâtes carbonara avec un excellent chianti à la lueur des chandelles, et que, légèrement éméchés, la tête commençait à nous tourner, je lui ai tout raconté.

Sabine m'a écouté avec beaucoup d'attention. Elle m'a d'abord reproché le mensonge tordu du mal de tête mais, l'ambiance festive aidant, elle ne m'en a pas tenu rigueur. En femme pragmatique, elle a ensuite analysé posément la situation et elle a réussi à me persuader que toute cette histoire reposait, en réalité, sur pas grand-chose.

— Un spectre aux allures de la voisine qui se balade dans le jardin à la lueur de la pleine lune ! Non mais tu rêves Tom, là. Tu devais simplement t'être assoupi et il ne pouvait s'agir que d'un banal cauchemar. Raisonne-toi un peu, mon grand.

« Son bon sens me sidère. C'est sûr, elle a raison. Tom, t'es un vrai con. »

Pas fier, j'ai alors opiné.

De plus, un peu plus tard, quand je l'ai relancée sur l'énigme de l'assassinat du couple, sa réponse a fusé :

— Une fabulatrice, rien de plus, mon amour. Allons, tu me l'as dit toi-même : ce petit bout de femme passe sa vie à caqueter avec des bourgeoises de son espèce. Lors de leurs rencontres, c'est à qui sortira l'énormité la plus invraisemblable pour impressionner les autres. Eh bien, et je te prie de m'excuser, je ne veux pas t'abaisser, avec un voisin auteur de bandes dessinées, elle a cru avoir trouvé la proie idéale pour avaler ses bobards. Ah ! je suis certaine qu'à te voir plonger ainsi à pieds joints dans son délire, elle aura joui furieusement la vieille.

Et là, quand elle a utilisé le terme de jouissance, Sabine a achevé de me convaincre.

« Bien sûr, me suis-je dit, sa façon de me regarder, ses mains posées sur les miennes, ses caresses. Ariane se délectait manifestement du sentiment de curiosité qu'elle avait réussi à susciter en moi. »

— Que serais-je sans mon mentor ? ai-je confié à Sabine en l'attirant vers le canapé.

— Que serais-je sans mon amant ? a-t-elle répondu en me saisissant le sexe.

Puis, avant que nous embarquions dans la bagatelle, elle a ajouté :

— Demain, je t'emmène pour le week-end à la côte respirer l'air marin. Cela te changera les idées.

J'en ai été ravi !

***

Ces deux jours d'évasion m'ont revigoré.

Pas encore dix heures et je suis pourtant déjà concentré à ma table de travail, lavé et rasé de près.

Tout comme au salon, les fenêtres de mon bureau, situé à l'étage, offrent une vue imprenable sur les bois environnants. Ce matin, cependant, le paysage ne risque pas de me distraire : un brouillard dense traîne sur la région. Ah ! comme j'admire Sabine qui, malgré ce temps frais et humide, n'a pas renoncé à enfourcher sa bicyclette pour se rendre en ville.

Un coup de sonnette intempestif vient soudain me perturber.

« Merde, sûrement encore les témoins de Jéhovah ! Même si nous étions au fin fond de la brousse, ces spécialistes de l'endoctrinement parviendraient encore à venir nous débusquer. »

Sûr de mon fait, j'ouvre la porte, légèrement irrité.

Deux policières en uniforme me font face dans l'encadrement. Je sursaute.

D'une voix nasillarde, l'une d'elles — une boulotte, la quarantaine —, me dit, d'un ton monocorde, tout en présentant son badge :

— Bonjour monsieur, désolée de vous déranger. Agents de police locale Cambier et Blier, nous effectuons une enquête de proximité au sujet d'un chien qui a été retrouvé par un passant, égorgé et éventré, dans le chemin forestier situé juste derrière chez vous. Auriez-vous remarqué quelque chose de particulier la semaine passée ? Des allées et venues inhabituelles ou d'autres éléments suspects ?

Je suis scié ! Littéralement scié par les paroles que je viens d'entendre. Je tarde à réagir.

— Vous avez compris le sens de notre requête, monsieur ? me demande la deuxième policière, nettement plus jeune et bien mieux proportionnée que sa collègue.

Comme je ne bronche toujours pas, elle reprend :

— Vous parlez le français, monsieur ? Et elle enchaîne aussitôt :

— Do you speak English ?

Non sans mal, je sors enfin de ma léthargie et parviens à acquiescer :

— Euh ! oui, bien sûr.

Puis, d'une voix blanche, je leur dis :

— Euh ! veuillez m'excuser, mesdames mais je ne m'attendais pas à me retrouver face à deux agents en uniforme. Cela surprend, non ? J'ai vraiment cru qu'il était arrivé quelque chose de grave à mon épouse.

Elles échangent un bref regard complice, puis me regardent avec compassion.

Je poursuis :

— Mais, en ce qui concerne ce chien dont vous me parlez, non, désolé, je n'ai rien remarqué de particulier.

Elles n'insistent pas. Elles me remercient poliment et s'en retournent vers leur combi.

Il est vrai qu'en cette période agitée, la traque aux tueurs de chiens ne doit pas faire partie des priorités des forces de l'ordre !

***

Ainsi, je n'avais pas rêvé !

Épouvanté, je passe le reste de la matinée à réfléchir à l'attitude à adopter vis-à-vis d'Ariane. J'hésite beaucoup mais, vers midi, ma résolution est prise, il faut que je tire cette histoire au clair. Je décide donc de me rendre dans l'après-midi chez elle.

Dès seize heures — André devrait être parti —, je quitte la maison et je parcours à pied les trois cents mètres qui séparent nos deux demeures.

Dehors, le vent s'est levé et a chassé le brouillard. Épuisées, les dernières feuilles qui s'accrochaient encore désespérément aux arbres rejoignent dans un tourbillon leurs congénères au sol. D'un pas décidé, je marche sur ce tapis jaune et brun qui recouvre les abords du chemin.

À peine ai-je sonné que la porte s'ouvre.

— Ainsi, vous êtes venu, me dit Ariane, avenante.

Vêtue d'un pull en laine marine, d'un jean serré et de baskets basses, elle resplendit.

— Les flics sont passés ce matin, lui dis-je.

— Ah ! vous êtes au courant, répond-elle aussitôt. Ce pauvre Max, un si brave berger malinois. Qui a pu commettre une telle horreur. Nous l'avions depuis quatre ans. Jeudi, comme chaque soir, il est sorti dans le jardin peu avant que nous allions nous coucher mais, contrairement à son habitude, il n'est pas réapparu. Nous avons eu beau l'appeler durant des heures et des heures, il n'est jamais revenu. Et pour cause, évidemment ! Mais qui donc a pu l'approcher, lui d'ordinaire si méfiant et hostile envers les étrangers ? Un vrai chien de garde, quoi !

Je n'y comprends plus rien. La sincérité transpire au travers de ses propos. Cette femme serait-elle atteinte d'un trouble de la personnalité ?

— Mais ne restez pas sur le seuil de la porte, Tom, entrez, je vous prie, me dit-elle.

Puis, tandis que je reste coi, les bras ballants, elle ajoute, affable :

— Tenez, passez-moi votre veste et allez vous installer au salon pendant que je nous prépare un peu de café. Ah ! je suis vraiment très heureuse que vous ayez pris le temps de rendre visite à votre vieille voisine.

***

Installés chacun à l'une des extrémités du canapé, nous sirotons notre café silencieusement. De temps à autre, elle me lance des regards appuyés que je tâche d'éviter au mieux.

J'ai la tête en ébullition. Tant bien que mal, je tente de reprendre mes esprits :

« Bouge-toi, sinon cette femme va te passer par-dessus », me dis-je.

Alors, après avoir inspiré profondément et sans plus tarder, je me lance :

— Ariane, ma chère, je dois vous avouer que vous m'avez déconcerté vendredi dernier avec cette affaire d'anciens propriétaires assassinés. Pourquoi avez-vous inventé cette histoire délirante ? Les propriétaires ne peuvent avoir été tués puisque je les ai rencontrés voilà quelques mois chez le notaire lors de la signature de l'acte de vente de la maison. De plus, par acquit de conscience, j'ai effectué quelques recherches sur les événements tragiques qui se sont déroulés dans la région il y a dix ans et je n'ai retrouvé nulle trace de pareils faits.

J'ai atteint ma cible : Ariane se cabre et se pince les lèvres.

Puis, après s'être raclé la gorge, en me fixant dans les yeux, elle me dit, passablement énervée :

— Les propriétaires, les propriétaires, ne jouez pas sur les mots, Tom ! Peut-être étaient-ils locataires, après tout. Je n'en sais rien, moi. Et dix ans, qu'est-ce que cela veut dire ? Le temps s'écoule si vite. C'était peut-être six, huit ou douze ans, qu'est-ce que j'en sais, moi ? Une chose est sûre, Tom, cette boucherie s'est bien déroulée sous votre toit.

Le boomerang m'est revenu en pleine figure.

Je suis groggy.

Pour gagner quelques secondes, je me saisis de ma tasse et je fais mine de terminer mon café. Bien piètre idée : je ne peux dissimuler le léger tremblement de mains qui trahit mon profond désarroi.

Rassérénée, elle s'approche de moi, me saisit la nuque fermement de la main droite tout en exerçant une pression pour attirer mon visage au plus près du sien, approche ses lèvres des miennes et me susurre d'une voix suave :

— Tom, si je vous ai raconté tout cela, c'est parce que j'éprouve envers vous un sentiment, comment dirais-je, étrange pour une dame de mon âge. J'ai perçu dans votre attitude, dans votre regard, dans vos gestes la certitude que je ne vous laisse pas tout à fait indifférent. Et ne protestez pas, Tom, mon intuition ne me trompe jamais. Tom, je ne voudrais pas qu'il vous arrive, à vous ou à votre charmante épouse, malheur. C'est tout.

Foldingue ! Cette femme est foldingue !

Pour échapper à son étreinte, je tente une diversion :

— Et votre mari ?

Sans arrêter de me serrer, elle recule légèrement la tête et me dit, d'un air désenchanté :

— Des années qu'il ne me touche plus. Il préfère les cinglées. Et où croyez-vous donc qu'il se rende tous les lundis et jeudis en fin d'après-midi ?

Mais soudain, avant que je puisse répondre, un bruit assourdissant, en provenance de l'étage, rompt notre intimité.

D'un bond, Ariane se lève et me lance, paniquée :

— Désolée Tom, mais il serait préférable que vous quittiez la maison au plus tôt.

Et, tout en me poussant vers la sortie, elle décroche au passage ma veste au portemanteau et elle me la balance dans les bras. Puis, elle ajoute, en me tutoyant pour la première fois :

— Reviens me voir très vite, mon petit chéri, je t'en supplie.

***

Désarçonné, je retourne chez moi au pas de course. Malgré la courte distance qui relie nos habitations, je souffle comme un bœuf quand j'arrive à la maison.

« Faudrait vraiment que je refasse un peu plus d'exercices », ai-je eu le temps de penser brièvement tout en ahanant.

Contrairement à mes habitudes, je referme la porte à clé derrière moi.

Tout s'embrouille dans mon esprit.

Je dois me calmer, réfléchir posément à la situation.

Je décide de prendre une douche.

L'eau chaude qui gicle sur mon crâne et rebondit sur mes épaules me calme peu à peu.

Soudain, la sonnerie de mon portable, déposé sur le bord du lavabo, retentit.

Je grommelle, attrape une serviette-éponge au passage pour m'essuyer un peu et réponds :

— Allô.

— Oui, bonjour monsieur, je suis bien chez Colvert ? me demande une voix féminine.

Pour la millième fois de mon existence, la même réponse fuse :

— Oui, Colvert, comme le canard.

Un bref silence navré suit, puis la voix reprend :

— Monsieur, je me présente, Viviane, du journal local. J'étais de service quand vous êtes passé chez nous vendredi. Je ne sais pas si vos recherches ont abouti depuis lors mais, en consultant votre fiche de demande de consultation, l'un de mes collègues s'est immédiatement souvenu des événements tragiques dont vous recherchiez des éléments. En fait, il se rappelle avoir rédigé des articles à ce sujet à l'époque.

— Et ? lui dis-je très vite, le cœur battant.

Comblée par l'effet de curiosité provoqué en moi par son annonce, mon interlocutrice poursuit sur un ton solennel :

— Les faits se situent en juin 2000, Monsieur, il y a plus de seize ans donc. Un homme et une femme, mari et femme, tous deux dans la quarantaine, qui habitaient au numéro 20 du Passage de l'Orée, ont été retrouvés sauvagement assassinés chez eux. À l'époque, l'enquête n'a pas traîné. Deux jours plus tard, la police a arrêté le coupable : il s'agissait de la maîtresse, ou supposée telle, de l'époux. Une voisine d'une petite cinquantaine d'années qui n'avait, semble-t-il, pas supporté d'être éconduite par le mari volage.

Comme pour m'obliger à la questionner, elle s'interrompt alors quelques instants.

— A-t-elle été condamnée ? lui dis-je.

Satisfaite, elle reprend :

— À l'issue du procès, elle a été reconnue irresponsable et internée dans une institution de défense sociale. Faut dire qu'elle avait été défendue par un ténor du barreau, monsieur. Et avoir une famille fortunée, cela aide forcément, non ?

Abasourdi, je lui réponds simplement :

— Merci, merci beaucoup pour votre aide.

— Je vous en prie, Monsieur Colvert, me répond-elle. Ce n'est pas tous les jours que l'on peut aider une personne célèbre. Comme, de plus, j'adore vos bandes dessinées...

Après lui avoir promis de lui en envoyer quelques exemplaires dédicacés, je raccroche, heureux des informations reçues et flatté du compliment.

***

À peine ai-je eu le temps de m'habiller que mon portable sonne à nouveau.

Machinalement, je jette un bref coup d'œil à ma montre : près de dix-huit heures, je n'ai pas vu le temps filer. Sabine ne devrait pas tarder.

« Cette Viviane aurait-elle d'autres éléments à me fournir ? » pensé-je en répondant :

— Allô.

— Allô, Tom, c'est bien vous ?

J'ai reconnu immédiatement la voix d'André. Le ton est inhabituel, angoissé !

— Oui, André, c'est moi.

— Tom, me dit-il, ne me posez pas de questions, mais faites ce que je vous demande, cher ami, je vous en prie. Enfermez-vous de suite à double tour avec votre épouse et n'ouvrez à personne, sous aucun prétexte, vous entendez ? Vous êtes en danger.

— Mais qu'est-ce que vous me racontez là ?

D'une voix anxieuse, au rythme saccadé, il poursuit :

— Tom, Ariane vient de m'appeler. Je me trouve dans une situation qui, je vous l'avoue bien sincèrement, m'échappe complètement à l'heure actuelle. Mais laissez-moi le temps de rejoindre la maison et tout s'arrangera, je vous assure. J'y serai dans une petite heure.

— J'appelle la police immédiatement.

Sa réponse fuse. D'un ton désespéré que je ne lui connaissais pas, il me supplie :

— Tom, mon cher Tom, ne compliquez pas tout, je vous en prie. Il est inutile de mêler les autorités à cette affaire. Cela ne ferait que compliquer la situation. Épargnez-nous un imbroglio dont personne ne sortirait indemne.

— Une heure, lui dis-je, hors de moi. Une heure ! Pas une seconde de plus, André.

Après avoir raccroché, je passe le quart d'heure suivant à la fenêtre du vestibule, à épier, impatient, le retour de Sabine.

Quand, enfin, je la vois apparaître au bout de l'allée, appuyant avec souplesse sur les pédales de son vélo, je pousse un énorme soupir de soulagement. Aussitôt, je bondis hors de la villa et je lui crie de se dépêcher.

Elle rit ; elle n'y comprend rien.

— Qu'est-ce qui me vaut cet empressement ? me lance-t-elle. Je t'ai manqué à ce point ?

Je me précipite vers elle, la happe littéralement à l'intérieur et je referme tout aussi vite à clé derrière nous.

— Et la bicyclette ? me demande-t-elle, interdite.

— On s'en occupera tantôt.

Elle m'observe, apeurée. Elle doit imaginer que j'ai pété un câble.

— Ne t'inquiète pas, je vais tout te raconter, lui dis-je.

Quelques minutes plus tard, elle sait tout !

Et, comme à son habitude, elle réagit posément.

— Faut qu'on approfondisse nos recherches sur internet, me dit-elle. Avec les précisions reçues de l'employée du journal, on devrait pouvoir retrouver des noms facilement maintenant. Prends ton portable et rejoins-moi dans le salon.

Sitôt dit, sitôt fait, quelques minutes plus tard, nous nous trouvons côte à côte dans le sofa, chacun notre ordi sur les genoux, à la quête d'infos via tous les moteurs de recherche imaginables.

Dehors, la nuit est tombée et un fin crachin, tombant sans discontinuer, accentue l'épaisseur des ténèbres.

Et soudain, à l'instant même où Sabine, triomphante, s'écrie « eurêka », un énorme caillou fracasse la vitre qui vole en éclats !

***

Surpris par l'éclatement de la baie vitrée, je reste figé sur place et, instinctivement, je ferme les yeux.

Lorsque je les rouvre, un instant plus tard, je la vois, vêtue d'une robe de nuit blanche identique à celle qu'elle portait la première fois, mais immaculée ce soir. Dans la main droite, elle tient ce même couteau énorme, sorti de je ne sais quelle cuisine, dont la lame, éclairée par les spots du salon, étincelle méchamment. Son visage est livide, déformé par un rictus douloureux.

Horrifiée, Sabine s'est levée et, tétanisée, regarde la femme, à l'allure de zombie, qui s'approche d'elle à allure réduite en titubant légèrement.

Brusquement, tout en poussant un cri de souffrance atroce, la créature se rue vers mon épouse, toujours immobile.

« Non », je hurle alors tout en tentant de m'interposer entre elles.

À ce moment précis, avant même que je m'en rende compte, la lame du couteau s'introduit dans mes entrailles aussi facilement que si elle s'était introduite dans une motte de beurre.

Stupéfait, j'observe mon ventre et le couteau qui y est resté planté.

Au début, je ne ressens pas grand-chose si ce n'est quelques picotements et une sensation intense de froid. Puis, le sang commence à couler et, peu à peu, une chaleur curieuse envahit mes viscères. Enfin, la douleur surgit, douleur qui devient rapidement insupportable !

C'est le moment choisi par la tueuse pour retirer l'ustensile de mon corps. Il est temps maintenant pour elle de s'occuper de Sabine.

Impuissant, j'assiste à la boucherie.

Un désespoir infini s'empare de moi.

« C'est donc ici que tout s'achève », me dis-je, déjà résigné.

Puis, avant de sombrer dans le coma, j'entends, indistinctement, comme dans un songe, la voix d'André crier désespérément :

« Éléonore, mon amour, pour l'amour de Dieu, cesse ce carnage. »

Éléonore, Éléonore... un prénom qui résonne alors comme un écho en moi.

Et je coule !

***

Avant qu'André puisse intervenir, Éléonore avait, d'un revers de main, tranché la gorge de Sabine avec la lame. Le sang avait giclé et, le regard dans le vide, comme un mouton que l'on vient d'égorger, ma bien-aimée s'était lentement éteinte.

Après s'être retournée, la furie s'était ensuite élancée vers mon voisin et, à son tour, elle lui avait transpercé les entrailles.

— Pourquoi, mon amour ? lui avait-il demandé avant de s'effondrer. Après tout ce que j'ai fait pour toi.

Pour toute réponse, elle avait poussé un hurlement inhumain.

Puis, son méfait accompli, elle était ressortie et elle avait disparu dans les ténèbres.

L'agent Cambier — la boulotte —, l'avait abattue alors qu'elle menaçait sa collègue devant le domicile d'Ariane.

Quant à moi, j'étais resté longtemps entre la vie et la mort et je n'étais sorti du coma qu'après trois semaines. J'avais subi plusieurs opérations délicates et j'étais resté hospitalisé deux mois.

Dès que mon état le permit, Viviane, la fille du journal, venue d'ailleurs me rendre visite à de nombreuses reprises durant mon séjour à la clinique, se fit une joie de me résumer les différents articles de presse parus sur l'affaire.

***

J'appris de cette manière qu'Éléonore, la tueuse, et Ariane, ma voisine, étaient sœurs jumelles.

Alors qu'elles avaient une bonne vingtaine d'années, elles firent connaissance au cours d'une soirée, de deux frères de bonne famille, Pierre et André, trente ans, également jumeaux.

Coups de foudre simultanés : Éléonore plut à Pierre et Ariane plut à André. Alchimie brutale payante puisque, deux ans plus tard, les deux couples s'unirent en grande pompe au cours de la même cérémonie.

Très proches, les quatre tourtereaux vécurent ensuite heureux de nombreuses années non loin les uns des autres mais, bizarreries de la nature, ni Éléonore, ni Ariane ne purent connaître le bonheur d'être mère.

Puis, il y a vingt ans, un coup du sort tragique vint perturber cette belle harmonie : Pierre, le mari d'Éléonore, décéda dans un accident de voiture.

Brisée, celle-ci ne supporta pas la disparition de son bien-aimé. Elle sombra dans une telle dépression qu'il fallut bientôt l'interner durant de longues semaines en maison spécialisée.

Quand, enfin, son état s'améliora, André et Ariane l'accueillirent, tout naturellement, dans la nouvelle demeure qu'ils venaient d'acheter et, bien vite, une relation trouble et équivoque, mais dont chacun s'accommoda, unit le trio.

Mais un jour, Éléonore succomba aux avances de son voisin, un homme marié au charme redoutable et d'une dizaine d'années son cadet. Dès lors, l'équilibre du trio vola en éclats car André, jaloux, ne le supportait pas. À l'insu de sa belle-sœur, il s'en alla menacer l'amant de représailles si celui-ci continuait d'entretenir une relation cachée avec Éléonore.

Bien vite, cet homme se rendit compte de la puissance potentielle du député et, prudent, il préféra rompre.

Éléonore, dévastée, ne supporta pas cette séparation qui s'assimilait pour elle à une trahison. Après avoir perdu son premier amour, elle se voyait brusquement privée du second. Elle décida donc de se venger. De se venger de façon violente !

Arrêtée peu après les crimes, elle risquait évidemment la perpétuité en cour d'assises mais, au vu de ses antécédents médicaux, elle fut, après toute une série d'examens, d'expertises et de contre-expertises, considérée comme irresponsable et elle fut internée. Éléonore passa alors une bonne quinzaine d'années dans un centre fermé. Puis, il y a quelques mois, un conseil de révision la jugea guérie et devenue inoffensive pour autrui et elle fut remise en liberté.

Ariane et André, qui n'avaient cessé de la soutenir moralement lors de son enfermement, s'empressèrent de l'accueillir à nouveau chez eux.

Dès lors, tout reprit comme avant.

Jusqu'au jour où, Sabine et moi, emménageâmes à côté.

Quand elle apprit que la maison voisine était à nouveau habitée, Éléonore replongea dans les méandres du passé et elle fut immédiatement persuadée que son ancien amant lui revenait, empli d'un amour intact pour elle. Elle n'eut, dès lors, de cesse de le retrouver et elle se cabra méchamment quand André tenta de la raisonner. À court d'arguments, il n'eut finalement d'autre solution que de tenter de l'enfermer dans leur propriété.

En vain !

Deux jours plus tard, Éléonore réussit à s'enfuir, emmenant au passage le chien d'André qu'elle allait massacrer, probablement de rage, sans pitié presque aussitôt.

Parti à sa recherche, son beau-frère la retrouva, ensanglantée, dans mon jardin alors que, tremblante, elle était occupée à m'épier.

À leur retour à la villa, Ariane prit peur et elle supplia André de faire le nécessaire afin que sa sœur soit à nouveau internée. Celui-ci refusa catégoriquement, arguant que s'il accédait à sa demande, jamais plus elle ne ressortirait.

Bien mal lui en prit puisque, quelques jours plus tard, Éléonore, plus que jamais convaincue du retour de son ancien amant, s'échappa à nouveau. Et lorsqu'elle nous aperçut, Sabine et moi, assis côte à côte, sur le sofa, les souvenirs macabres durent resurgir en elle car, subitement ivre de rage, elle s'empara d'une grosse pierre qui traînait dans le jardin et elle la balança de toutes ses forces dans le vitrage qui se fracassa.

Je ne connais que trop bien la suite...

***

Le temps a passé.

Tout va mieux aujourd'hui.

J'ai revendu la villa et j'habite désormais un loft, face à la mer.

Je passe chaque jour des heures à regarder les flots s'agiter devant moi au gré des marées.

Je me lave l'esprit.

Encore et encore.

Depuis peu, les cauchemars ne hantent enfin plus mes nuits.

Ariane, ma bouée, m'a soutenu.

Ariane, ma mie, m'a sauvé.

Par elle et pour elle, la vie est redevenue belle.

Je crois que je l'aime !

Les cris de la vieille

Les cris de la vieille m'ont réveillée en sursaut.

Encore assoupie, la bouche pâteuse, j'ai patienté quelques secondes avant d'entrouvrir les yeux.

Puis, enfin revenue à moi, j'ai tourné la tête vers le réveil et j'ai tenté de déchiffrer tant bien que mal la suite de chiffres alignés sur le cadran.

« Putain, pas encore trois heures, mais faudrait la buter », me suis-je écriée.

À mes côtés, Fabien, toujours profondément endormi, ne bronchait pas.

Passablement énervée de le voir sourire aux anges comme un nourrisson pendant que l'autre beuglait à réveiller les morts, je l'ai secoué énergiquement.

— Mais tu hibernes ou quoi, mon salaud ? lui ai-je crié.

Il a poussé un profond soupir, a soulevé les paupières et m'a regardée, l'air ahuri. À le voir ainsi dépité, j'ai compris que ma tronche avait été absente du rêve merveilleux qu'il venait de vivre.

— Toutes les nuits la même histoire. Faut que tu fasses quelque chose, j'en peux plus, ai-je aboyé.

— Mais chérie, arrête, tout le monde a le droit de s'envoyer en l'air et de jouir où et quand il le souhaite, m'a-t-il répondu posément avant d'aussitôt se retourner vers le mur.

Ce mec est désarmant !

Je n'ai rien trouvé à lui répliquer. Je me suis levée, je suis partie en maugréant dans la cuisine me servir une bière fraîche et je me suis affalée dans le sofa sur la terrasse.

En ce début de septembre, la nuit était belle et agréable, la température encore douce malgré l'heure tardive et le ciel lumineux et étoilé. Dans l'appartement d'à côté, après un dernier hurlement, la nymphomane s'est enfin calmée et le silence a envahi les lieux.

J'ai regardé la mer étale. Ce moment magique d'immobilité entre deux marées m'a réconfortée.

« Moi aussi, souvent, je voudrais m'arrêter, ne plus m'emballer », me suis-je dit.

Ensuite, peu à peu, je me suis assoupie.

***

Je viens de rouvrir les yeux. Le soleil est levé depuis belle lurette. Il ne doit pas être loin de huit heures.

Le roulis des vagues qui viennent mourir sur les galets me berce.

Blottie dans le canapé, je profite de ce rare moment de quiétude offert à mon âme désespérée.

Mais je ne suis pas dupe : je sais que mes tourments reprendront, hélas, très vite et qu'ils se poursuivront indéfiniment.

« Je suis minable, y'a pas de doute, mieux vaudrait peut-être en finir », me dis-je.

Tout ébouriffé, les paupières gonflées, Fabien me rejoint sur la terrasse.

— Tu as bien dormi, bébé d'amour ? me demande-t-il amoureusement.

Bébé d'amour ! Quelle niaiserie. Mais cela me réconforte.

Je lui tire la langue tout en souriant.

Il perçoit ma grimace comme une invitation. Il s'approche lestement, se penche, m'enlace puis, suavement, m'embrasse.

« Décidément, ce mec est imprévisible », me dis-je tout en répondant fougueusement à son baiser.

Tout s'accélère.

Il me palpe les seins, soulève ma robe de nuit, me caresse la chatte déjà mouillée. De la main droite, je lui saisis le membre et le branle vigoureusement. Il gémit. Le contact de ce sexe chaud, tendu à l'extrême, prêt à s'enfouir en moi, décuple mes ardeurs.

— Viens, viens, lui dis-je.

Je m'apprête alors à vivre l'un des rares moments de bonheur qui nous sont accordés sur cette foutue terre, l'une de ces seules parenthèses qui rendent la vie un tant soit peu supportable, quand une voix de sorcière, surgie de nulle part, aboie soudainement :

— En plein air, non mais, vous n'avez pas honte ?

La vamp nocturne est accoudée au muret qui sépare les terrasses. Aucun stigmate de sa folle nuit ne subsiste : l'allure altière, les cheveux impeccablement peignés, elle est vêtue d'un tailleur strict et elle nous toise de manière dédaigneuse.

Surpris, Fabien devient écarlate et, le sexe encore au garde à vous, il se lève précipitamment et plonge se réfugier, honteux, dans notre chambre pendant que l'autre se délecte manifestement du spectacle.

La mine déconfite, je me liquéfie sur place.

Vite, il faut que je reprenne mes esprits, il faut que ma riposte soit irrésistible.

Une rage folle m'envahit.

Je lève les yeux et je lui envoie un regard haineux.

Celui-ci ne l'impressionne guère. Bien au contraire, la voilà qui ricane.

Je fulmine. Je vais la passer par-dessus le balcon, c'est sûr. Elle l'aura bien cherché cette garce.

Je me lève d'un bond, je m'approche d'elle et, avant qu'elle puisse esquisser le moindre geste, je lui saisis fermement le cou de la main droite tout en vociférant :

— Et vous, malgré votre âge canonique, jouer au vampire et gueuler comme un putois toutes les nuits, ça ne vous dérange pas, reine des suceuses ?

Mais, tandis qu'elle glapit quelques injures incompréhensibles et que ma main devient poisseuse à force d'étreindre sa peau dégoulinant de fond de teint, Fabien réapparaît soudainement sur le seuil de la terrasse. Comme par magie déjà vêtu de la tête aux pieds, il nous lance alors, d'un ton exaspéré :

— Delphine ! Maman ! un peu de civilité, je vous prie.

Puis, après un court moment d'arrêt, il ajoute :

— Et merde, on est en vacances, quand même !

***

Cet épisode grotesque m'a épuisée.

Je reprends à présent mes esprits dans la salle de bains.

Après avoir rempli la baignoire d'eau très chaude et y avoir déversé un flacon entier d'huiles relaxantes, je me laisse glisser délicatement dans la mousse bienfaisante. Le miroir est couvert de buée. Une chaleur humide, étouffante envahit la pièce. Allongée et immobile, les yeux clos, je me régénère.

L'affrontement terminé, Fabien est descendu prendre le petit-déjeuner avec Rita, sa chère maman, et j'imagine qu'après la nuit turbulente qu'elle vient de lui faire passer, Alex, son jeune amant, est encore occupé à se prélasser dans leur lit de stupre.

Bien qu'elle m'horripile et que j'aurais très bien pu l'étriper il y a quelques minutes, il me faut cependant avouer que cette femme, que je me refuse à considérer comme ma belle-mère, me fascine. Je n'arrive pas à comprendre comment cette petite-bourgeoise sexagénaire, bien sous tous rapports, veuve depuis peu, peut se transformer en furie sexuelle la nuit et renfiler le lendemain, comme si de rien n'était, son habit de sainte-nitouche. Je paierais cher pour percer le mystère de cette dualité.

Et comment ce jeune apollon peut-il bander pour elle ? À vrai dire, j'ai beaucoup de mal à imaginer leurs ébats.

Ah ! toutes les histoires scabreuses et sordides que les murs d'hôtel pourraient nous raconter s'ils pouvaient parler. J'imagine tous les corps qui, nuit après nuit, semaine après semaine, mois après mois, s'allongent et s'accouplent dans les mêmes plumards. Quelle horreur, quelle désolation !

Mais pourquoi cette pensée absurde ? Pourquoi ce négativisme ? Comme me le dit souvent mon psy, faut que je me raisonne, que j'apprenne à chasser de mon esprit cette vision apocalyptique de ce foutu monde. Que de belles rencontres aussi, sûrement, dans ces lits !

Allons, tout n'est pas toujours si noir, quand même.

Je dois me reprendre, faire des efforts, m'accrocher à Fabien, ma bouée de sauvetage, même si, bien souvent, j'ai envie de lui crever les yeux à ce bon samaritain avec son Dieu, ses discours moralisateurs, sa chère mère...

Putain ! Vingt-deux berges et, depuis toujours, un parcours de loser.

Ah ! je peux dire que j'en ai connu des galères : une vraie Cosette. Sûr que si ma mère n'était pas six pieds sous terre, j'irais lui demander des dommages et intérêts pour m'avoir mise au monde.

Familles d'accueil, coups, fugues, vols, maisons de redressement, bitures, magouilles, tabac, alcool, IVG, mecs pas trop clairs... Bref aperçu de mon parcours chaotique au cours de mes deux premières décennies sur terre.

La totale, quoi !

Hormis la drogue, peut-être. Mais je n'ai aucun mérite. Le hasard, tout simplement.

Avec Dimitri, mon dernier mec avant Fabien — un petit caïd dont je m'étais connement amourachée et auquel je suis restée collée trois mois —, j'ai d'ailleurs failli trébucher.

— Si tu savais comme c'est doux de planer, me répétait-il sans cesse.

Par bonheur, il fut arrêté avant que je ne cède à ses sollicitations nauséabondes.

Ouf ! Cette histoire ne sentait pas bon pour moi. Valait sûrement mieux qu'elle se termine ainsi.

Ce matin-là, les flics l'ont débusqué à l'aube dans l'appartement cosy qu'il louait au centre-ville et que nous partagions. Coup de bol — une fois n'est pas coutume —, je m'étais levée tôt et j'étais sortie acheter le pain. Quand je les ai vus l'embarquer, j'ai détalé aussitôt et les poulets ne m'ont jamais retrouvée. Enfin, m'ont-ils seulement un jour recherchée ? Car s'il était bien prévu que je parte quelques jours plus tard en Asie pour le réapprovisionner en marchandise, je n'avais, jusque-là, finalement rien à me reprocher.

Paniquée, ne sachant où me rendre, je m'étais réfugiée avec mes baguettes de pain dans l'église du quartier. J'y suis restée trois heures, assise sur une chaise, à admirer les vitraux et à me demander s'il était encore raisonnable de m'approcher de l'appart après le départ des policiers. Toujours hésitante, je venais de commencer de grignoter un croûton quand un homme en chasuble s'est assis à côté de moi et m'a demandé en souriant s'il pouvait m'aider.

« Un cureton, manquait plus que cela », me suis-je dit alors.

J'avais tout faux. C'était Fabien, fonctionnaire dans l'administration, mais également diacre.

Mais surtout diacre !

En temps normal, je l'aurais remballé aussi sec, mais là, j'étais quand même fameusement dans le besoin et j'ai commencé à l'écouter me débiter son laïus, moi, anticléricale pur jus. La honte, je ne dis pas.

Mais finalement, peu à peu, envoûtée par sa voix mielleuse, je me suis détendue et je lui ai déballé toute mon histoire et lui, aussi sec, il a proposé de m'héberger dans la bicoque cossue dont il est propriétaire, sur la place de l'église.

« Place de l'église », tout un symbole !

« Delphine, méfie-toi, cette histoire est louche, ce mec va t'enculer », me suis-je dit à cet instant.

« Car c'est quand même connu, dans ce milieu-là, ils aiment ça. Et avec ton physique de garçon raté, tu ne pourras qu'y passer », ai-je aussi pensé.

Mais, après avoir bien pesé le pour et le contre, et en tenant surtout compte du fait que je n'avais pas d'autres perspectives, j'ai finalement pris le risque et j'ai accepté.

Très vite, nous sommes devenus amis.

Encore plus vite, nous sommes devenus amants.

Ouais, dur de cohabiter sans baiser !

Et maintenant, il y a un an que cela dure.

Fabien, c'est un ange pour moi.

Un ange chauve de quarante ans au gros bide, peut-être, mais un ange quand même. Toujours d'humeur égale, il est aux petits soins pour moi. Il me gâte, il supporte mon sale caractère, ma mauvaise éducation. Quand j'ai le moral dans les chaussettes, il m'aide à supporter mes angoisses, à remonter la pente. Et summum, il me présente à tous comme sa fiancée. Et ça, on peut dire que dans son milieu de petits-bourgeois cathos, cela fait jaser.

Un amour, je vous dis.

Avec le temps, j'ai appris à l'aimer, à l'apprécier. À l'évidence, on ne peut pas parler d'amour fou mais, après mes galères, cela s'approche tout de même fameusement du paradis.

Mais tout n'est pas, hélas, toujours rose !

Car évidemment, revers de la médaille, il y a cette église tellement envahissante et qu'il m'a bien fallu, pour satisfaire mon chéri, me résigner à fréquenter assidûment chaque semaine, sapée comme une jeune dame distinguée. Quelle fausseté, quel sacrifice pour moi, une pure athée.

Car évidemment, il y a cette belle-mère, catho pratiquante le jour, mais obsédée et délurée la nuit. Ah, comme je hais cette vieille rombière, grenouille de bénitier, tellement loin de mon univers ! Et tellement proche de son fils adoré qu'elle en est insupportable à mes yeux ! D'ailleurs, cette femme me déteste aussi, je le sens ! Le choix de son fils l'insupporte, c'est sûr.

Car évidemment, il y a aussi mes propres démons, toujours proches...

Par contre, Fabien ne passe que par les « voies officielles ».

Faut pas croire tout ce qu'on raconte !

« Un ange », vous dis-je.

Zut, j'ai la peau toute gercée maintenant ! Cela m'apprendra à trop penser dans le bain !

Près de onze heures, il va rentrer ou quoi ?

***

Bien entendu, pour fêter l'anniversaire de notre rencontre, j'aurais quand même souhaité un séjour un peu plus romantique qu'un mid-week à Etretat avec Rita dans les pattes. En fait, je rêvais de passer huit jours dans les Cyclades en couplant les îles de Mykonos et Santorin. Lorsque Fabien m'avait parlé d'un petit voyage en amoureux, j'avais d'ailleurs laissé traîner à son intention deux, trois brochures touristiques vantant les atouts des îles de la mer Égée dans le salon. Je nous voyais déjà, attablés le soir à la terrasse d'une taverne typique, occupés à déguster mezze et moussakas, tout en savourant une bonne bouteille de Demestica. Je nous voyais, joyeux, dansant le Sirtaki sur le port avant de rentrer à l'hôtel bras dessus, bras dessous.

Raté ! Car évidemment, vu les contraintes du diaconat, il était hors de question de nous absenter de la ville et de ses paroissiens le samedi et le dimanche, et nous ne pouvions, décemment, abandonner pauvre mère, veuve depuis seulement deux petites années, pendant une longue semaine.

Quand il m'a sorti un soir ces stupidités, je me suis emportée. Je lui ai aboyé que s'il imaginait m'emmener en pèlerinage à Lourdes, il pouvait l'oublier tout de suite, que s'il me proposait ça, je le quitterais sur-le-champ.

— Lourdes, mais au fait, pourquoi pas ? a-t-il répondu le plus sérieusement du monde.

Et, pensif, il a aussitôt poursuivi :

— Tu serais ma Bernadette. Je serais ta Vierge.

« Ce mec est un taré profond, définitivement perdu pour la Société », me suis-je dit alors et, pour respirer, je suis sortie prendre un pot au bar du coin.

Je suis rentrée passablement éméchée, vers minuit, trois heures après mon départ.

En homme bon et miséricordieux, il ne me fit aucun reproche. Et, tout en souriant, il m'annonça, radieux, qu'il avait tranché et que c'était décidé, nous partirions avec maman admirer les falaises de Normandie. Et il ajouta, un ton plus bas, que nous en profiterions pour visiter Lisieux et sa basilique avant notre retour.

— La Manche, pourquoi pas ? lui ai-je dit.

« Mais, y'a pas de doute, il me fera alors, tôt ou tard, revêtir les habits de Thérèse ! » ai-je aussi pensé.

Tiens, on frappe à la porte. Cet éternel distrait a encore oublié d'emporter la carte magnétique.

J'enfile rapidement l'un des peignoirs éponge à notre disposition dans la salle de bains et, sans même prendre la peine d'en nouer la ceinture, je file lui ouvrir.

Merde : Alex, l'amateur de chair défraîchie, me fait face.

— Delphine, faut qu'on parle, me dit-il.

***

Le coup de feu passé, la salle du petit-déjeuner se vide lentement. Tout en papotant joyeusement, deux jeunes filles s'affairent à débarrasser les quelques tables déjà délaissées par leurs occupants. Assis face à la baie vitrée offrant une vue imposante sur la plage et les falaises grandioses qui l'entourent, Fabien sirote un expresso. À ses côtés, Rita, l'air soucieux, termine sa salade de fruits.

— Non mais tu as vu comme cette furie s'est jetée sur moi ? Tu as remarqué les griffures sur mon cou ? Cette folle aurait pu m'estropier, dit-elle à son fils.

— Tu comprendras que de vous surprendre ainsi sur la terrasse, comme deux caniches en rut, prêts à vous accoupler, à

124

la vue de tous, m'a choquée. Je me devais d'intervenir, continue-t-elle

Fabien soupire et, confus, avale une nouvelle gorgée de café. Il aimerait réagir aux paroles blessantes de sa mère, prendre la défense de sa compagne, ou à tout le moins tenter de lui expliquer sa réaction brutale, mais les forces lui manquent. Il se sent faible, trop faible. À quarante ans, il est resté, il le sait, comme tant d'autres, le chérubin qui ne peine pas maman, celui qui ne la contredit sous aucun prétexte, celui qui lui obéit au doigt et à l'œil.

Trop ravie de voir son fils accepter sans broncher, tel un pénitent, ses remontrances, Rita en remet une couche et lui ressasse une nouvelle fois ce qu'il a trop souvent entendu au cours de ces douze derniers mois :

— Doux Jésus, Fabien, quand donc te rendras-tu compte que cette fille n'est pas pour toi ? Oh ! je ne peux pas dire qu'elle est méchante ou désagréable, non, mais simplement pas de notre monde. La charité chrétienne a ses limites, tu sais. Et, à présent, elle te mène, pardonne-moi cette image un rien osée, par la queue. Mon Dieu, cette petite amourette, qui aurait dû rester insignifiante, a pris de telles proportions !

Mal à l'aise, Fabien l'interrompt et l'implore :

— Je t'en supplie, maman, baisse le ton, tout le monde te regarde.

Étonnée, Rita jette un regard circulaire dans la pièce et lui répond, énervée :

— Mais tout le monde s'en fout de nos histoires ! Et, de toute manière, ne viens pas me dire que je te parle en haussant la voix comme si j'étais sourde.

Puis, d'un ton tout de même nettement plus bas, presque en chuchotant, elle poursuit :

— Est-ce donc elle, cette schizophrène, qui va assurer ta descendance ? Soyons sérieux un instant, Fabien, excepté sa jeunesse, cette fille n'a rien pour elle. Tout ce qu'elle possède, c'est un physique de garçon manqué, une allure de gourde et un cerveau, dérangé d'ailleurs, de la taille d'un petit pois. Sans parler de ses origines douteuses ! Mais passons. Non, mon garçon, crois-moi, au plus tôt tu t'en débarrasseras, au mieux tu te porteras. Ah ! si mon pauvre Franck était encore à nos côtés, il abonderait dans mon sens, je t'assure.

À l'évocation du prénom de son père, un sentiment de profonde tristesse, assorti d'un poids de sourde culpabilité envahit Fabien.

Une chape de plomb lui tombe subitement sur les épaules. Il se sent las, tellement las et s'en veut terriblement, lui, le fils chéri à maman, le confident intime, le bonbon sucré, d'avoir avalé, sans broncher, ni tenter de comprendre, pendant tant d'années, toutes les salades indigestes que sa mère a voulu lui servir. Elle l'a tant bassiné, dès son plus jeune âge, avec les turpitudes que son père, cet être mauvais, aurait commises durant toute sa vie qu'il n'a jamais pu réellement aller à sa rencontre, jamais pu réellement l'aimer. Ce cher père dont il ne découvrit l'amour que sur son lit de souffrance, auquel il ne s'attacha que lors des dernières semaines de son calvaire. Ce père qu'il voudrait tant serrer dans ses bras aujourd'hui.

Fallait-il donc qu'elle le mêle à leurs problèmes de couple ?

Quel gâchis !

— Maman, ferme-la !

La phrase est sortie brutalement. Sans qu'il puisse la retenir.

Rita devient blême mais réussit à se contenir. Seul un léger tremblement de paupières trahit son émotion. Après quelques secondes de flottement, elle poursuit posément, comme si elle n'avait pas entendu :

— Réfléchis bien à ce que je viens de te dire, mon fils, mais c'est ta vie, après tout, et quel que soit ton choix, je te soutiendrai envers et contre tout. Je ne veux que ton bien, tu le sais.

Puis, après avoir avalé une gorgée de thé, elle ajoute :

— Mais qu'a-t-elle voulu insinuer quand, dans sa furie, elle m'a traitée de vampire et de suceuse ?

— Ne t'inquiète pas, maman, elle délirait, lui répond-il, toujours confus d'avoir osé lui résister.

Puis, il lui propose de regagner leurs chambres.

***

Les paroles d'Alex m'ont assommée. Je suis complètement groggy. Mon cerveau tourne au ralenti, plus aucune connexion ne s'établit entre mes neurones. Après un long moment d'absence, je trouve enfin la force de lui répondre :

— Mais qu'est-ce que tu me racontes, Alex ? Tu veux me faire marcher, c'est ça ? Tu sais, cela ne me dérange pas si tu la chevauches toutes les nuits. Tout ce que je souhaiterais, en fait, c'est qu'elle jouisse moins bruyamment. Je ne sais pas, moi, enfonce-lui un bâillon dans la bouche.

— Merde Delphine, combien de fois vais-je devoir te répéter que je ne la connais même pas ta Rita, répond-il.

— Et j'ai mené ma petite enquête : elle loge seule, ta belle-mère. Seule, t'entends ? Et y'a pas de doute à ce sujet, ajoute-t-il, énervé.

Je n'ose plus le contredire. Je me sens mal, perdue, de plus en plus faible. Toute penaude, j'ose quand même lui demander :

— Mais t'es qui, toi, alors ?

— Ton frère, bordel, ton foutu frère que t'as supplié de venir te rejoindre ici, il y a trois jours, en lui rabâchant que t'étais en danger de mort, me répond-il, abasourdi.

— Celui avec qui t'as pris trois cuites au bar, trois nuits de suite après que ton mari s'est endormi ; celui qui, finalement, se demande ce qu'il fout ici, à perdre son temps, à te chaperonner, ajoute-t-il.

Je blêmis : black-out total ! Ma tête se met à tourner.

« Mais ces cris, alors ! Ces cris ? »

Et je m'évanouis.

***

Lorsque je reprends conscience, je suis allongée sur le lit. Fabien, assis à mes côtés, m'observe. Perdue, je l'interroge :

— Que s'est-il passé ?

— Je n'en sais rien, mon amour. Quand je suis entré dans la chambre, tu étais là, étendue sur le sol près du canapé. Tu auras été victime d'une syncope.

Un sourire stupide éclaire son visage.

Il reprend :

— Faudrait peut-être appeler ton médecin. Ce sont sûrement tes foutus médocs qui te jouent des tours.

— Non, non, ça va aller, lui dis-je.

— T'as vu personne ?

Ma question le surprend.

— Pourquoi, j'aurais dû ? répond-il.

Il me regarde tristement, le genre de regard que l'on lance vers quelqu'un qui vous inspire de la pitié.

— Fabien, tu es à mes côtés ; tu m'aimes toujours ?

— Et si on se mariait ? me répond-il.

Cet homme est décidément désarmant !

Lorsque je reprends la parole, après quelques secondes de silence, bien nécessaires pour profiter pleinement de ce moment magique, mon visage s'est illuminé :

— T'es sérieux, là ?

— Évidemment.

— À l'église aussi ?

— Pour un diacre, c'est le minimum.

Je me relève, lui saisis le cou, l'attire vers moi et l'embrasse tendrement.

— Viens, on n'avait pas terminé tout à l'heure, lui dis-je tout en me débarrassant de mon peignoir.

***

Au resto le soir, j'ai été ébahie.

Quand nous lui avons annoncé la bonne nouvelle, Rita s'est réjouie et a commandé le champagne.

Penaude, je me suis excusée auprès d'elle pour mes emportements répétés.

Nous nous sommes alors expliquées et nous avons enterré la hache de guerre.

— Tu sais, une mère ne lâche pas facilement son rejeton, m'a-t-elle dit.

Tout en dégustant un plateau de fruits de mer, nous avons ensuite papoté comme de véritables amies.

Le bonheur irradiait le visage de Fabien.

« Enfin, les voilà complices » devait-il se dire.

Pour la première fois de ma vie, j'ai alors ressenti cette impression merveilleuse et tellement rassurante de faire partie d'une vraie famille sur laquelle on peut compter.

Nous avons rejoint nos chambres respectives peu avant minuit et nous sous sommes fixé tous les trois rendez-vous le lendemain matin à huit heures dans la salle du petit-déjeuner car nous devions quitter l'hôtel vers dix heures pour rejoindre Lisieux. Rita nous a assuré qu'elle voulait y laisser une fameuse offrande pour les œuvres de Thérèse. Une offrande à la mesure de notre bonheur futur ! Nous nous sommes esclaffés.

Avant de nous quitter, Rita nous a embrassés et, du pouce, a tracé sur chacun de nos fronts un signe de la croix.

Je l'avais vue exécuter si souvent ce geste avec Fabien. À vrai dire, j'avais toujours trouvé ce cérémonial puéril et stupide, mais, à cet instant, j'ai trouvé cette attention merveilleuse.

J'étais heureuse.

Tout simplement heureuse.

***

Cette nuit-là, comme celles qui avaient précédé, je l'ai entendue hurler de plaisir dans les bras d'Alex.

Mais cette nuit-là, je m'en suis réjouie.

Après tout, chacun sa vie, chacun son bonheur, me suis-je dit.

Cette nuit-là, comme celles qui avaient précédé, Fabien n'a rien entendu.

Mais cette nuit-là, je ne l'ai pas réveillé !

***

Le lendemain matin, surpris de ne pas la voir descendre, nous sommes allés frapper à la porte de sa chambre vers huit heures trente. N'obtenant pas de réponse, nous nous sommes inquiétés et nous avons demandé au réceptionniste de l'hôtel s'il était possible de nous ouvrir. Il s'est d'abord montré réticent puis, comme nous insistions, il a accédé à notre demande.

Elle gisait, nue sur le lit, le corps déjà raidi.

Elle avait été étranglée !

Je n'ai pas de frère, j'en suis sûre.

Je ne l'ai pas tuée... j'imagine.

Pauvre Fabien, maintenant seul au monde.

Je l'aime pourtant, lui... et son église !

Le vilain crabe

Le jour où mon meilleur pote m'a annoncé froidement que les toubibs lui avaient déniché un vilain crabe dans le bide, j'ai pris peur.

« Et si, moi aussi... », me suis-je dit.

D'un seul coup, à quarante-trois ans, mon sentiment d'immortalité s'est envolé et une forme aiguë d'hypocondrie a pénétré mon être.

Dès lors, à force de m'observer, de me tâter, de me palper, je me suis sans cesse imaginé être atteint de tous les maux possibles.

Rhinite ? Non, tumeur maligne à la gorge ! Bouton anodin sur le corps ? Non, mélanome malin ! Légère colique ? Non, cancer du côlon...

Mon généraliste, que je n'avais pourtant pas consulté plus de trois fois auparavant dans mon existence, est soudainement devenu l'être le plus indispensable pour moi en ce bas monde.

Bref, ma vie est devenue un enfer !

***

À la maison, je suis vite devenu insupportable.

Les premières semaines, mon épouse a tenté de me raisonner :

— Sois un peu moins à l'écoute de ton corps et un peu plus à celle des autres, m'a-t-elle répété à de nombreuses reprises.

En vain ! Ma peur de la maladie était devenue une telle obsession au fil des semaines que j'étais devenu incapable de l'occulter, ne fût-ce qu'une seconde.

Alors, un soir, elle a perdu patience et elle m'a lancé à la tête, passablement excédée :

— Mais arrête donc de me bassiner à longueur de journée avec tes psychoses à la con, Jean-François. En plus de m'empoisonner la vie depuis des années avec ton aversion viscérale du monde et tes rancœurs perpétuelles, tu joues au malade imaginaire, maintenant. Et après, qu'est-ce que tu vas encore inventer ?

— Merde, chérie, ce n'est tout de même pas ma faute si la poisse me poursuit depuis que je suis né, lui ai-je répondu.

Le lendemain matin, lasse de mes jérémiades, après m'avoir traité de dingue irrécupérable, elle s'est barrée chez un collègue avec lequel je la soupçonnais d'ailleurs d'entretenir depuis longtemps déjà des relations suspectes.

— Tu seras responsable de ma mort, lui ai-je dit avant qu'elle ne s'en aille.

Elle a haussé les épaules et, la valise à la main, elle est sortie en claquant la porte.

Après son départ, assommé, j'ai appelé Kate, notre fille de vingt-deux ans, partie s'exiler avec son mec, à l'autre bout du monde, il y a trois ans déjà.

— T'as vu l'heure, papa ? m'a-t-elle demandé en décrochant. Tu sais quand même que le décalage horaire, cela existe, non ?

— Maman m'a quitté, lui ai-je dit.

— Et ben, elle a eu raison, a-t-elle répondu, sèchement.

— Je vais mal.

— Oh ! ne t'inquiète pas, papa, je traverserai l'Atlantique le jour où tu claqueras. Je ne voudrais pas embarrasser le croque-mort. Tu imagines ? Personne à qui confier l'urne contenant tes cendres.

Puis, pour enfoncer le clou, elle a encore ajouté :

— Et vu ton état lamentable, cela ne saurait tarder, hein ?

— Kate, je suis ton père, tout de même, lui ai-je dit.

— Tu m'as assez fait chier pendant des années, m'a-t-elle répondu avant de raccrocher.

« Pff, telle mère, telle fille. Allez au diable ! », me suis-je dit, dégoûté.

Pour me consoler, j'ai bu toute la nuit.

Et à l'aube, alors que j'étais complètement bourré, ma dernière pensée avant de plonger dans un état semi-comateux, fut pour elles :

« Ma femme, une grosse salope a engendré ma fille, une autre grosse salope ! »

***

Après un sommeil agité, je me suis réveillé, sur le coup de midi, trempé de sueur et la bouche pâteuse.

Dans mes cauchemars, j'avais vu Judith et son gigolo s'enfiler joyeusement pendant des heures sous les yeux de Kate qui s'esclaffait.

— Ne vous inquiétez pas, vous ne risquez rien, le cocu joue avec ses petits trains, leur disait ma fille.

« Ces deux garces, qui n'attendent plus que ma mort, n'ont jamais supporté ma passion pour le modélisme ! » ai-je pensé à cet instant.

D'humeur massacrante, j'ai alors pris une douche et je me suis habillé.

Ensuite, j'ai réchauffé une pizza au four et je l'ai avalée dans la cuisine, sur un coin de table.

Puis, toujours déprimé, je suis monté au grenier rejoindre mon univers.

Mon réseau de train est imposant : huit convois peuvent circuler de concert dans un paysage miniature reconstitué à l'échelle exacte !

Depuis plus de vingt ans, des milliers d'heures de travail et un budget conséquent me furent nécessaires pour ériger ce monde merveilleux de quinze mètres carrés. Néanmoins, le résultat obtenu est à la hauteur de mes espérances passées et j'en éprouve aujourd'hui un sentiment légitime de fierté.

Cependant, avec Judith, les choses furent claires dès le départ : ces petites locomotives ne l'intéressaient pas ! Toutefois, elle ne s'opposa pas à ma passion et elle accepta de bon cœur que je me réfugie de temps à autre dans la mansarde pour m'adonner à mon occupation favorite.

— Si cela peut t'amener calme et sérénité, ne t'en prive surtout pas, m'avait-elle dit. J'aime la gym et tu aimes les jouets. Pourquoi pas ? Chacun son trip, après tout !

Par contre, j'espérais bien que Kate serait séduite. Aussi, ma désillusion, face à sa réaction, fut-elle totale le jour où je la fis pénétrer dans mon antre. C'était à l'occasion de son douzième anniversaire. Comme cadeau, j'avais imaginé lui laisser actionner, pour la première fois, les manettes de mise en marche du circuit.

Curieuse au départ, elle m'avait lâché, boudeuse, après moins d'un quart d'heure :

— Après tout, elles ne font que tourner en rond toutes tes petites babioles.

Mon sang n'avait fait qu'un tour.

— Babioles, babioles, mais tu ne sais pas de quoi tu parles, petite conne, lui avais-je répliqué avant de la gifler.

L'expérience avait donc tourné court. Plus jamais par la suite, je ne lui ai permis de remettre un pied au grenier et, après ce triste jour, nos relations n'ont jamais cessé de se dégrader... jusqu'à ce qu'elle se décide enfin à décamper.

Le ciboulot encore trop occupé à ressasser les événements de la soirée de la veille, j'ai soudain commis une fausse manœuvre et deux de mes locomotives ont failli entrer en collision !

Cela m'a exaspéré.

J'ai repensé à Judith me reprochant mon aversion du monde et me traitant de dingue et je me suis senti affreusement mal.

« Moi qui ai pourtant tout sacrifié pour elle », me suis-je dit, écœuré.

La salope : alors que j'aspirais à un peu de quiétude en sa compagnie en cette période délicate où mon corps me lâchait, ma propre femme en profitait pour déguerpir avec un autre.

Que je le veuille ou non, l'avenir s'annonçait sombre.

Et subitement, à force de me torturer l'esprit, des douleurs violentes m'ont déchiré le ventre et mon corps a été agité de soubresauts incontrôlables.

Cette fois, c'était sûr, j'allais crever !

Paniqué, je suis redescendu en vitesse afin de téléphoner au toubib mais, la souffrance devenant insupportable, je me suis allongé à même le carrelage et j'ai tenté d'entamer quelques exercices de relaxation retenus de l'époque lointaine pendant laquelle j'avais partagé ma vie durant trois ans avec une sophrologue.

Sans grand savoir-faire, reprendre la maîtrise de son corps n'est cependant pas simple et il me fallut de longues minutes avant de réussir à me détendre et à, enfin, évacuer, un tant soit peu, frayeur et douleur.

Ensuite, soulagé, je suis resté figé, les yeux clos, couché sur le sol, durant des heures. J'ai repensé une nouvelle fois à ma chienne de vie et toutes les frustrations passées, toutes les injustices endurées, toutes les trahisons subies, toutes les humiliations encaissées sans broncher durant des années, ont refait surface.

Quand je me suis relevé, une rage incommensurable s'est emparée de moi et ma tendance naturelle à la soumission, à la fuite, a cédé la place à un furieux désir de vengeance.

À cet instant, un déclic s'est produit dans ma tête et j'ai décidé que cette rage ne resterait plus contenue. Je n'en pouvais plus de subir, d'encaisser continuellement les coups sans broncher. J'en avais assez bavé !

Agneau subitement transformé en loup, je me suis juré de faire payer le prix fort à tous les êtres arrogants, dédaigneux et méprisants que j'avais croisés un jour sur ma route et qui m'avaient pourri la vie.

C'était donc juré : toutes ces ordures trinqueraient pour leurs méfaits.

Fort de cette résolution nouvelle, j'ai saisi le vase de cristal — à la valeur sentimentale inestimable pour Judith puisque hérité de sa mère — trônant depuis des années sur notre buffet et je l'ai envoyé se fracasser en mille morceaux sur le mur d'en face.

Je me suis senti aussitôt ragaillardi par ce geste violent et un sentiment surprenant d'exaltation toute-puissante m'a submergé.

Enfin calmé, j'ai rejoint le grenier pour y astiquer mes locomotives !

***

Moins d'une semaine plus tard, j'étais prêt à entamer ma grande lessive !

Inouï : jamais je n'aurais imaginé qu'il fut si facile de se procurer une arme à feu dans notre pays !

Le marché noir de la pègre, ce monde parallèle inconnu du brave citoyen, est décidément incontrôlable.

Il m'aura suffi de traîner quelques soirs de suite dans le quartier chaud de ma ville et de m'y adresser discrètement aux habitués des lieux pour que je dispose, peu après, moyennant un montant somme toute raisonnable, d'un Beretta dernier cri, muni d'un silencieux.

J'imagine avoir une mine patibulaire, avenante à leurs yeux, car aucun des personnages louches rencontrés lors de ma recherche de l'engin meurtrier, ne manifesta le moindre signe de méfiance ou d'animosité à mon égard. Mieux même puisque, tel un vrai pro du commerce, mon revendeur me proposa, en prime, un essai gratuit du produit et qu'il m'en ristourna les balles.

Rentré à la maison, j'ai déposé le flingue sur la table basse du salon et, fasciné, je l'ai longuement observé, immobile dans le canapé. Alors, un solide sentiment de puissance et d'invulnérabilité s'est immiscé en moi.

Puis, je me suis muni d'une feuille de papier et, posément, j'ai établi une liste comprenant les noms des sept premiers fumiers à éliminer.

Sept, comme les sept semaines que je m'accordais pour accomplir cette besogne.

Sept, comme le septième jour de la semaine pendant lequel j'agirais.

Sept, comme les sept dons du Saint-Esprit.

Sept, chiffre de perfection !

***

Le premier dimanche, je me suis dirigé vers la gare à la tombée de la nuit.

« Éviter à un nécessiteux les frimas de l'hiver est assimilable à un acte de charité », avais-je pensé en établissant ma liste.

Pour me faire la main – car quoi qu'on puisse en dire, tuer de sang-froid n'est pas évident –, j'avais donc décidé, avant de passer aux choses sérieuses, d'abattre un sans-abri.

Cependant, la réalisation de cette première tâche s'avéra plus ardue que prévu. En effet, si je réussis, dans un premier temps, à dénicher aisément de nombreux soûlards avachis par terre sur d'énormes cartons dans les rues avoisinant la station, je dus cependant vite déchanter car ces débris de la société étaient tous regroupés en grappes inattaquables de quatre ou cinq exemplaires !

Dépité, je me suis dirigé alors vers le chemin de halage mais, plus le temps passait, plus je désespérais car les abords du canal semblaient avoir été désertés.

Puis, la chance m'a enfin souri. À quelques mètres de moi, sous le pont, une jeune fille gisait. Prudemment, je me suis approché d'elle et, d'un ton avenant, je lui ai adressé la parole :

— Mademoiselle, mademoiselle, vous m'entendez ?

Comme elle ne réagissait pas, je me suis abaissé et je lui ai tapoté la joue. Face à son absence de réaction, je l'ai ensuite secouée. De plus en plus vigoureusement. Sans succès !

Indécis, j'ai pris le temps de l'examiner plus longuement. Elle était vêtue d'une parka kaki trouée aux coudes, d'un pull bleu marine à col roulé, d'un jean crasseux et de bottines militaires aux lacets absents. Elle était mince. Maigre même. Ses cheveux noirs étaient raides, coupés à la garçonne et rasés autour des oreilles. De grands cernes bleus marquaient son visage. Elle ne devait pas avoir plus de trente ans mais de fines rides lui déformaient déjà le front.

J'en étais là, à m'interroger sur l'action à entreprendre, quand, en me relevant, j'ai remarqué la seringue qui traînait à quelques mètres d'elle.

« Quel gâchis », ai-je pensé alors et, contrarié, je me suis décidé à agir. À agir vite !

J'ai sorti l'arme de ma sacoche, ôté son cran de sûreté, posé le silencieux sur le canon, approché celui-ci à hauteur de la poitrine de la fille et, sans hésitation, j'ai tiré.

Bien que fortement atténué, le bruit de la détonation m'a, tout de même, surpris et j'ai sursauté.

Ensuite, j'ai jeté un œil vers la fille. L'expression de son visage n'avait absolument pas changé. C'était comme si elle était morte avant même d'avoir été tuée.

J'ai ensuite observé les alentours. Tout était resté calme.

« Une jeune femme vient de perdre la vie mais nul ne s'en soucie », me suis-je dit.

Alors, je ne me suis plus attardé et j'ai quitté les lieux, légèrement désabusé par la tournure désolante prise par l'exécution, mais finalement tout de même satisfait de la réussite de l'opération !

***

L'affaire ne fit pas grand bruit dans la presse : un simple article de quelques lignes en page des faits divers le lundi. Et ce fut tout !

Comme je m'y attendais, l'histoire fut donc aussitôt oubliée.

Quoi de plus logique : une droguée notoire liquidée sous un pont, cela ressemble furieusement à un règlement de comptes dans le milieu trouble des dealers. Et ce milieu n'intéresse visiblement pas grand monde. Ni la presse, ni le public, ni même la police.

Le mercredi, après une visite chez le toubib qui a prolongé mon arrêt de travail de deux mois — hypocondrie associée à un état dépressif proche du burn-out, a-t-il indiqué sur le certificat —, je me suis décidé à passer à la vitesse supérieure.

J'ai consulté ma liste qui comprenait encore six noms. Merveille d'internet et des divers réseaux sociaux : quelques heures me suffirent pour retrouver la trace et les coordonnées de chacune de mes futures proies. Il ne me restait qu'à les épier et à les frapper au moment propice.

Et bonheur, occupé comme je l'étais, j'en oubliais presque mon hypocondrie !

Le deuxième dimanche, je me suis rendu dans le village de Clancy, situé à une vingtaine de kilomètres de chez moi. Nous étions une bonne trentaine pour assister à la célébration de la messe de dix heures dans cette petite église romane édifiée au début du douzième siècle sur la place du village. Dans son homélie, le prêtre, un homme âgé au teint jaune, nous a promis la résurrection d'entre les morts. Cela ne m'a pas rassuré. J'ai cependant profité de ma présence pour communier et le goût de l'hostie, quand elle a fondu lentement sous ma langue, m'a rappelé ma petite enfance et sa période d'heureuse insouciance.

Sur le perron, après l'office, je me suis posté à l'écart et j'ai regardé les fidèles serrer, l'un après l'autre, la main du révérend. Puis, alors qu'il s'apprêtait à fermer le portail, je me suis adressé à lui :

— Bonjour mon Père, auriez-vous l'amabilité de m'entendre en confession ?

Il m'a regardé, surpris, puis il m'a répondu d'un ton désolé :

— Vous savez, mon fils, nos horaires sont serrés le jour du Seigneur. J'ai, chaque dimanche, à célébrer quatre messes, dans quatre églises différentes. Vous comprendrez donc que je n'ai guère le temps pour accéder à votre demande. Nous pourrions peut-être convenir d'un autre jour. Vous êtes nouveau dans le village ?

— Le poids de mes péchés sur mes épaules est insupportable, je vous en prie, lui ai-je répondu.

Sa curiosité l'a emporté.

— Vite, alors ! a-t-il dit.

Il m'a demandé de le suivre dans l'église. Il a ajusté son étole et s'est dirigé vers le confessionnal. Il s'est assis, comme il se doit, dans la partie centrale de celui-ci. Je me suis agenouillé derrière le rideau sur l'un des côtés. Après quelques secondes d'attente, il a ouvert la trappe nous séparant. Je l'apercevais distinctement au travers des interstices du grillage de bois.

— Bénissez-moi mon Père, car vous avez péché, ai-je dit.

Il m'a interrompu :

— Car « j'ai péché », mon fils ! « J'ai péché » est la formule consacrée à utiliser.

J'ai insisté, d'une voix plus forte :

— Car vous avez péché mon Père, vous avez péché comme tant d'autres de vos collègues pervers ! Il est temps aujourd'hui de payer pour tous les crimes abominables que vous avez commis tout au long de votre sacerdoce.

— Mon Dieu, qui êtes-vous donc ? m'a-t-il demandé, effrayé.

Pour toute réponse, j'ai appuyé sur la gâchette en lui souhaitant un bon voyage.

Le bois a volé en éclats.

Il s'est écroulé, mort. La balle était allée se loger dans sa tempe.

— Bonne résurrection ! lui ai-je encore dit, avant de m'éclipser, satisfait.

**

Cette fois, la presse locale s'est empressée de s'emparer du fait divers.

Diable ! un vieux prêtre qui se fait buter dans un confessionnal, quel bain bénit pour les journalistes. Quel sujet porteur, synonyme d'explosion des ventes.

Durant la semaine, j'ai tout acheté et tout lu. Avec délectation.

Mais l'enquête n'avançait pas et, si quelques fidèles avaient bien remarqué la présence d'un étranger dans l'église, aucun portrait-robot de celui-ci n'avait pu être réalisé. Tout au plus, avait-on déterminé que l'âge présumé de l'homme inconnu devait se situer entre trente et cinquante ans.

Y'a pas de doute, je pouvais continuer de dormir sur mes deux oreilles.

Alors, j'ai préparé tranquillement mon excursion suivante et, au moyen de mon portable muni d'une carte SIM prépayée, j'ai pris rendez-vous avec ma prochaine victime.

**

Le troisième dimanche, j'ai sonné à la porte de son domicile à onze heures précises. Il m'a ouvert aussitôt et il m'a accueilli de la même voix mielleuse avec laquelle il nous avait reçus, mon paternel et moi, plus de trente ans plus tôt. Comme il avait changé. J'avais devant moi un vieillard prêt à trépasser.

— Entrez donc, cher monsieur. Monsieur Galoux, c'est cela, n'est-ce pas ? Ah ! comme les temps sont durs, cher ami, mais, soyez sans crainte, plaie d'argent n'est pas mortelle.

Je me suis forcé à sourire et j'ai serré la main moite qu'il me tendait.

Après m'avoir offert un café, que j'ai poliment refusé, il s'est affalé dans un fauteuil derrière son bureau et il est entré directement dans le vif du sujet :

— Et quelle somme souhaiteriez-vous m'emprunter, mon ami ? m'a-t-il demandé, d'une voix hypocrite.

À cet instant, j'ai revu mon père, honteux, debout, tout comme moi maintenant, face à lui, lui demander les vingt mille francs dont il avait un besoin urgent. Je l'ai revu encaisser l'argent et signer, sans broncher, la reconnaissance de dettes que lui présentait cet usurier sans scrupules.

L'humiliation subie par mon père à l'époque, et qui avait profondément rejailli sur moi, est alors remontée du plus profond de mes entrailles et a provoqué dans ma tête un véritable choc sismique. Je suis devenu fou de rage.

Incapable de me maîtriser plus longtemps, j'ai sorti le flingue de ma mallette de cuir.

Le bonhomme est devenu blême.

— Qu'est-ce que vous faites ? Vous êtes fou ? a-t-il dit tout en tentant d'ouvrir le tiroir de son bureau.

Mais avant que sa main puisse atteindre la poignée, la balle lui avait traversé l'orbite oculaire droite.

Il s'est légèrement affaissé sur la chaise et son front a cogné le pupitre.

À la vue de son crâne dégarni et du sang qui commençait à s'écouler, je me suis réjoui.

« Tout est décidément bien facile », ai-je pensé, les mains légèrement tremblantes.

Puis, ravi, j'ai quitté les lieux !

***

« Peur sur la ville » ont titré les journaux à la suite de ce troisième assassinat.

Certains reporters ont bien commencé à rechercher si un lien pouvait exister entre les trois crimes sordides commis dans la région, habituellement si calme, en seulement quinze jours mais, à en croire les déclarations officielles de la police, rien ne laissait supposer que l'on puisse se trouver face à un tueur en série.

« Tueur en série, ces journalistes quand même, quelle drôle d'idée. »

La semaine fut excellente ; je me sentais de mieux en mieux.

Guilleret, je me suis acheté la dernière locomotive Märklin. Une vraie folie !

***

Le quatrième dimanche, je suis allé voir un match de football avec lui. Le stade était comble, plus de dix mille personnes.

Parfait, j'étais sûr de passer inaperçu.

Je l'avais appelé le mercredi et je lui avais proposé d'assister au match gratuitement avec moi.

— L'ami qui m'accompagne habituellement est malade et j'ai pensé à toi, un ancien pote. Tu adores toujours autant le foot ? lui avais-je dit au téléphone.

Le connard ne s'était pas posé la moindre question. Même pas quand je lui avais demandé de n'en parler à personne pour ne pas susciter de jalousie. Non, il avait accepté, très enthousiaste. Est-il normal, cependant, qu'un type, que vous n'avez plus côtoyé depuis plus de vingt ans, vous contacte à l'improviste pour vous proposer un tel truc ? À sa place, je me serais méfié. Pas lui. J'en étais certain.

Sur la route du retour, après la rencontre, remportée deux à zéro par notre équipe favorite, je me suis arrêté dans un endroit désert sur le bas-côté de la route.

— Pause pipi, trop de bière ? m'a-t-il demandé, tout sourire.

Je l'ai regardé dans le blanc des yeux et je lui ai dit :

— Tu te souviens du jour où tu m'as craché à la figure ?

Il a froncé les sourcils, puis, après un moment de réflexion, il a répondu toujours souriant :

— Oh, oui, attends ! C'était pour cette fille. Comment s'appelait-elle encore ?

— Dominique, ai-je répondu.

— Ouais, c'est ça, Dominique. Dominique nique, nique.

« Toujours aussi crétin », ai-je pensé.

— Et tu te rappelles que tu m'as dit alors que j'étais un lâche parce que je ne réagissais pas ? ai-je demandé, d'un ton mordant.

— Arrête, c'était des conneries d'adolescent tout ça, a-t-il répondu, mal à l'aise.

J'ai sorti le flingue de la boîte à gant et je lui ai dit :

— Et ben, cours mon vieux, cours vite, car, maintenant, le lâche va réagir.

À mon air décidé, il a vu que je ne plaisantais pas. Il a ouvert la portière et il a détalé comme un lapin.

Mais, avec une balle entre les omoplates, tirée à bout portant, il n'est pas allé loin. Il s'est écroulé sur la chaussée, après une centaine de mètres.

Je me suis approché et, alors qu'il m'envoyait un dernier regard, tout autant ahuri que suppliant, je l'ai achevé en souriant à mon tour.

Puis, j'ai poussé son corps du pied dans le fossé longeant la route et j'ai rejoint ma voiture.

Pas une minute plus tard, un véhicule de police m'a croisé.

J'ai éclaté de rire !

***

« Un honnête père de famille abattu lâchement le long de la route » fut le titre en une le plus fréquemment utilisé le lundi par les canards.

Puis, en soirée, la télé s'en est mêlée : on en a parlé aux infos. Dame, quatre morts violentes en trois semaines dans un rayon de vingt kilomètres, cela attise la curiosité des médias.

Deux jours après, le mercredi, la police a communiqué le seul élément tangible en sa possession à ce stade de l'enquête : le résultat des analyses balistiques. Il prouvait que les quatre personnes tuées avaient toutes été descendues avec la même arme.

Dès lors, les journaux m'ont surnommé « le tueur du dimanche » et la peur, comme une traînée de poudre, s'est emparée de la ville et s'est étendue rapidement à toute la région. Parbleu ! il s'agissait bien d'un tueur en série, un malade mental probablement qui, selon toute vraisemblance, agissait au hasard !

Tout cela m'a bien amusé et m'a incité à poursuivre.

« Vivement dimanche prochain ! »

***

Le cinquième dimanche, dès l'aube, vêtu comme un parfait joggeur, je me suis posté à quelques centaines de mètres de sa demeure.

Comme je l'avais prévu, Olivier, mon supérieur hiérarchique au boulot, d'une ponctualité étonnante, est sorti à sept heures trente piles de chez lui et, dès la porte refermée, s'est mis à courir dans ma direction. Je fus tout sauf surpris car, à force de nous en rabâcher les oreilles, chacun au bureau connaissait parfaitement le parcours qu'il effectuait systématiquement chaque semaine. Bien vite, il s'est retrouvé à ma hauteur et m'a aperçu. Étonné de me rencontrer, en cette heure matinale, à cet endroit inhabituel, il s'est arrêté net et, tout en continuant d'agiter les jambes idiotement sur place, il m'a dit :

— Jean-François, quelle surprise ! Mais qu'est-ce que tu fous dans le coin ?

— Les toubibs m'ont conseillé l'exercice, lui ai-je répondu le plus naturellement possible, et comme je n'aime pas courir seul, j'ai pensé à toi.

— Mais tu crois vraiment que tu pourras me suivre ? m'a-t-il demandé, même pas surpris par l'absurdité de ma repartie.

En une seule phrase, il venait de se décrire : le prototype du mec qui se croit supérieur et plus méritant que les autres et, surtout, qui les méprise.

— On peut toujours essayer.

Il a haussé les épaules et, sans me poser d'autres questions, sans plus s'intéresser à moi, il s'est remis à courir.

Trois cents mètres plus loin, nous avons bifurqué sur la gauche et nous avons pénétré dans le bois. Il était temps car je commençais déjà à manquer de souffle. Je lui ai crié de stopper.

— Oh, non, cela commence bien ! s'est-il exclamé.

— Juste une minute, j'ai soif.

Un moment, j'ai cru qu'il allait poursuivre sa route et me laisser seul, mais, finalement, il s'est tout de même arrêté. À contrecœur, probablement.

Alors j'ai saisi mon sac à dos et, plutôt que d'en sortir une bouteille d'eau, comme il s'y attendait, je me suis emparé de mon arme. Aussi vite, je l'ai braquée vers lui et, sans la moindre sommation, j'ai tiré.

Avant d'avoir eu le temps de comprendre exactement ce qui se passait, il s'est écroulé mort sur le chemin.

Je ne me suis pas attardé et j'ai repris ma course en sens inverse.

En cette heure matinale, je n'ai croisé personne et je m'en suis trouvé cruellement désappointé.

Tout cela était tellement facile !

***

Le lendemain, les titres des quotidiens ont été éloquents :

« Peur sur la ville. »

« L'assassin du dimanche a encore frappé ! »

« Un directeur d'agence victime à son tour du tueur fou. »

« Que fait la police ? »

Etc.

Je les ai étendus sur ma table de travail. Des pages et des pages avaient été consacrées à l'affaire. Toute la matinée me fut d'ailleurs nécessaire pour lire tous les comptes rendus.

À la radio, lors de chaque bulletin d'information, l'histoire a été rappelée.
À la télé, une page spéciale a été consacrée à l'affaire dans les journaux de treize heures de TF1 et de France 2.
Des envoyés spéciaux venus de l'étranger ont aussi débarqué de plus en plus nombreux en ville.

Me savoir responsable de toute cette agitation, m'a rendu fébrile. Bouillonnant, j'ai exulté.
Trop, peut-être, car alors que j'envisageais la suite des opérations avec optimisme, un mal de tête puissant m'a dévasté la tête.
J'ai aussitôt repensé à mon ami, cloué sur son lit de souffrances.

« Je suis foutu », ai-je pensé.
Alors, je me suis mis à pleurer !

***

Malheureusement, deux événements imprévus se sont alors succédé à moins de vingt-quatre heures d'intervalle. Et le second, extrêmement fâcheux, m'a même obligé de revoir mon plan de travail initial.

Le mercredi, tout d'abord.
Vers quinze heures, deux flics en civil se sont présentés à la maison et ils m'ont déclaré qu'ils souhaitaient me poser

quelques questions. Comme un idiot, je leur avais ouvert la porte sans me méfier.

— Des questions ! À quel propos ? leur ai-je demandé, d'une voix ferme.

— Oh ! la routine, monsieur, ne vous inquiétez pas, mais il semblerait que vous connaissiez M. Debreuil.

Je ne pouvais évidemment pas nier.

— Debreuil, mais bien sûr, mon chef immédiat dans la boîte où je bosse.

Puis, comme ils semblaient attendre un commentaire, j'ai ajouté :

— Quel malheur, un si brave gars. Seigneur, dans quel monde vivons-nous ?

Après avoir opiné du chef, et comme je ne leur proposais pas d'entrer, ils ont commencé à me poser toute leur série de questions sur le seuil de la porte. Sur les relations que j'entretenais avec lui, sur mes collègues, sur l'ambiance qui règne entre nous au travail... Ils m'ont aussi demandé si je lui connaissais des ennemis, si j'avais des raisons de soupçonner quelqu'un...

Bien entendu sur mes gardes, j'ai pris soin, tout en restant très courtois, de ne leur répondre qu'avec des généralités insignifiantes.

Incidemment, ils m'ont alors demandé si je connaissais l'une des autres victimes.

— Ni d'Ève ni d'Adam, leur ai-je répondu, sans la moindre hésitation.

Ils se sont jeté un bref regard, ont paru satisfaits et sont repartis en me saluant.

« L'étau se resserre », ai-je tout de même pensé, après avoir refermé la porte derrière eux.

Puis, après un moment de réflexion, je me suis dit, tout à fait rassuré :

« Tant que le rapprochement avec une autre victime n'a pas été réalisé, tu ne risques rien mon vieux. »

Et j'ai préparé ma prochaine mission.

Un grand coup en perspective !

Le jeudi, ensuite.

Vers midi, on a sonné.

Cette fois, je me suis méfié. Avant d'ouvrir, j'ai jeté un coup d'œil par le judas. C'était Judith.

— Merde, t'es bien devenu prudent, m'a-t-elle dit.

— Judith, ma chérie, ai-je simplement répondu.

Je me suis écarté pour la laisser passer et, à peine entrée, sans me dire quoi que ce soit, elle a filé aux toilettes.

— Pff, c'était urgent, a-t-elle dit en me rejoignant quelques minutes plus tard dans le salon.

Elle était vêtue d'un chemisier blanc sous une veste de cuir noir et d'un jean moulant.

À la voir aussi belle, une envie violente de l'attirer contre moi, de la serrer et de l'embrasser m'a brusquement saisi mais, avant que j'aie pu tenter la moindre approche, elle avait saisi mon émoi et, après m'avoir envoyé un regard réprobateur, elle m'a demandé, froidement :

— Alors, pas encore mort ?

Je n'ai pas apprécié sa remarque mais je me suis contenu et je ne l'ai pas relevée.

Elle a poursuivi :

— Jef, faut qu'on parle sérieusement, toi et moi. En fait, je voudrais qu'on divorce. Nous deux, c'est fini, c'est clair comme de l'eau de roche. Alors, mieux vaut en finir, non ?

Encore un coup de poignard !

— Tu baises avec ce salaud, ai-je répondu, irrité.

— Arrête. Franck n'a rien à voir dans cette histoire, a-t-elle répondu d'une voix fatiguée. C'est de toi qu'il s'agit Jef. Toi et tes problèmes : tu en veux au monde entier ; tu es un éternel persécuté ; tu crois que tout le monde veut ta peau. J'en ai marre Jef, tu comprends, de tes jérémiades perpétuelles. Il y a des années que cela dure. Avec, en plus maintenant, tes maux imaginaires. Moi, je n'existe plus. Tu ne me vois plus, Jef. Je fais partie de ton paysage, c'est tout. Je ne suis plus qu'un zombie dans ta vie, tu comprends ?

— Tu baises avec ce salaud, ai-je répété.

— Tais-toi, donc, m'a-t-elle dit, désespérée.

Elle s'est arrêtée de parler et nous sommes restés là, un long moment, les yeux dans les yeux, à nous sonder l'un l'autre.

Puis, elle m'a affirmé, d'un ton malheureux :

— Tu me fais peur, Jef. Tu me fais réellement peur.

Du revers de la main, elle a caressé tendrement ma joue et, après avoir dégluti, elle m'a encore dit :

— Faut te faire soigner d'urgence, mon amour. Et pas par un généraliste à la noix. Tu sais, tous ces crimes dans la région, j'ai même cru un instant que tu pouvais les avoir commis. À part cette droguée, tu les connaissais toutes, non, les victimes ? Tu m'en as assez parlé de ces andouilles qui t'avaient pourri la vie à un moment ou l'autre.

Assommé, je n'ai pas réagi.

Elle a poursuivi :

— Dis-moi que ce n'est pas toi, Jef ! Dis-moi que ce n'est pas toi qui as commis toutes ces horreurs.

— Mais, ma chérie, qu'est-ce que tu imagines ? Je ne suis pas un monstre, ai-je répondu.

Puis, je me suis approché, j'ai voulu l'embrasser, la posséder mais elle m'a repoussé violemment et elle s'est enfuie aussitôt en claquant la porte et en me traitant une nouvelle fois de taré.

Pour évacuer la rage qui me gagnait, j'ai saisi la bouteille de gin à moitié vide traînant sur la table du salon et je l'ai balancée de toutes mes forces à travers la pièce. Elle a fini sa course en éclatant sur l'écran du téléviseur qui, sous le choc, a éclaté à son tour.

« La garce, la sale garce ! »

Alors, j'ai repris ma liste, j'ai raturé le dernier nom qui y figurait et je l'ai remplacé par celui de Judith.

Elle, non plus, elle ne méritait plus de vivre.

C'était décidé, elle crèverait avec lui !

***

Le vendredi matin, il m'a fallu déguerpir.

Je venais de me lever, quand, pendant les infos de huit heures, un journaliste a affirmé que, dans l'affaire du tueur en série, et selon une source bien informée, la police avait recueilli le témoignage capital d'un proche voisin de la dernière victime. Dimanche matin, vers sept heures, cet homme aurait remarqué la présence d'un individu suspect à bord d'un véhicule stationnant près de chez lui. Confirmation du parquet était attendue dans la matinée.

Merde, si ce scoop se révélait exact, je n'avais pas de temps à perdre. Il suffisait que ce témoin ait retenu la marque de mon véhicule pour que les flics remontent immédiatement jusqu'à moi.

Moins de trente minutes après le flash, je roulais sur la rocade.

J'ai abandonné mon véhicule, un peu plus tard, en périphérie, sur le parking d'un hypermarché. J'ai ensuite pris tranquillement le bus 28 qui m'a ramené en ville, près de la gare, et j'ai rejoint le littoral, situé à un peu plus de soixante kilomètres, en une petite heure, en train. À midi, après avoir réservé une chambre pour trois nuits dans un hôtel discret, j'ai dégusté, soulagé, un excellent plat de moules avec des frites à la terrasse d'un restaurant situé sur la digue et j'ai passé l'après-midi à la plage à profiter du soleil réconfortant de cette belle journée d'automne. C'est en rentrant à l'hôtel que j'ai appris, après avoir allumé la radio, que ma maison avait été fouillée par la police et que de nombreux indices prouvant ma culpabilité y avaient été retrouvés. À vingt heures, j'ai allumé la télé et, bien que je m'y attendisse, j'ai été surpris de voir mon portrait s'afficher pendant quelques secondes sur l'écran.

À la pensée que ces charognes avaient envahi mon domicile, j'ai senti mes entrailles se tordre. Je me suis juré que si ces ordures avaient eu le culot de toucher à mon réseau de trains miniatures, je les retrouverais et je les étriperais un à un comme de vulgaires cochons.

Mais, avant cela, un autre affrontement, au dénouement indécis, m'attendait. La partie s'annonçait très, très serrée, j'en étais conscient. Cependant, une fois que j'eus échafaudé mon plan de bataille, je me suis senti plutôt confiant.

Après les infos, je suis descendu m'acheter discrètement deux sandwichs et une bière au distributeur automatique situé dans le hall de l'hôtel. Aussitôt après, je suis remonté et après m'être bouclé dans la chambre, j'ai avalé le tout.

Puis, comme il me fallait être en pleine possession de mes facultés physiques pour accomplir ma tâche le lendemain, je me suis couché immédiatement.

J'ai dormi comme un bébé.

Le sommeil du juste !

***

Le sixième dimanche, je me suis levé à l'aube et, après avoir pris un bain, je me suis rasé complètement la tête. J'ai revêtu ensuite mon pantalon de jogging et mon sweater bleu à capuche et j'ai chaussé mes Nike.

Muni de mon sac à dos, je me suis dirigé vers la gare. Arrivé près de celle-ci, je me suis acheté une paire de lunettes de soleil à la supérette qui venait d'ouvrir ses portes. Je les ai chaussées immédiatement. En attendant mon train, j'ai bu un expresso et j'ai mangé deux croissants au buffet. Il n'y avait pas grand monde et nul ne m'a remarqué. Cela m'a rassuré.

Pendant le trajet, j'ai fermé les yeux et j'ai tenté de me détendre.

Arrivé à destination, j'ai loué un vélo de la ville et je me suis dirigé vers l'habitation du baiseur, située dans un quartier résidentiel, loin de l'agitation du centre de la cité.

Je les ai imaginés, encore endormis malgré l'heure matinale avancée, allongés sur le lit de débauche.

Aucune agitation ne régnait dans la rue mais, comme je m'y attendais, un véhicule, dans lequel poireautaient deux flics en civil, stationnait près de leur porte.

La capuche sur la tête, je me suis approché d'eux en pédalant lentement. Arrivé à quelques mètres, j'ai croisé très clairement le regard du chauffeur dans son rétroviseur extérieur. Assis confortablement, le bras gauche ballant par la fenêtre ouverte de l'habitacle, les doigts tapotant négligemment la carrosserie du véhicule, il m'observait, l'air de rien. Je ne me suis pas affolé. À hauteur de la portière avant, j'ai saisi de la main droite mon arme placée dans la poche intérieure gauche de mon sweater et, sans hésiter, j'ai tiré à plusieurs reprises sur les deux occupants.

Quelques grives, surprises par le vacarme des détonations, se sont élevées dans le ciel bleu azur en babillant.

Dès lors, j'ai compris que le temps m'était compté.

J'ai rechargé mon flingue et j'ai couru vers la maison. Un coup de feu dans la serrure a suffi pour que celle-ci cède et que je puisse entrer. Je me suis précipité à l'intérieur. Je n'ai trouvé personne au rez-de-chaussée. J'ai monté les marches quatre à quatre et j'ai commencé à visiter rapidement une à une toutes les pièces situées à l'étage : vides, désespérément vides !

Au loin, j'ai entendu hurler les sirènes de plusieurs voitures de police.

J'ai crié :

— Franck, espèce d'enculé, montre-toi. Je vais te péter ta sale carcasse de baiseur.

Rien, pas le moindre bruit dans la demeure.

« Pourtant, puisque les poulets campaient à l'extérieur, ils doivent nécessairement être planqués ici », me suis-je dit.

Mon regard est alors tombé sur le crochet de la trappe menant au grenier. Je suis monté sur une chaise, j'ai saisi celui-ci et j'ai tiré de toutes mes forces. À ma grande joie, la trappe s'est ouverte et l'échelle coulissante, menant aux combles, est apparue. Je l'ai empruntée et, triomphant, je les ai enfin aperçus dans le coin le plus sombre de la soupente, blottis l'un contre l'autre, tremblants.

— Jef, je t'en prie, ne fais pas l'idiot, mon amour, a dit Judith.

J'ai apprécié qu'elle m'appelle « mon amour » devant son amant mais je ne m'en suis pas laissé compter.

— Pourquoi tu m'as fait ça ? Pourquoi ? Tu veux que je crève, hein, salope ? ai-je crié, tout essoufflé.

— Mais arrête, personne ne te veut de mal, Jef. Tu es malade mon amour, il faut te faire soigner. Ne gâche pas tout.

— Et lui ? ai-je demandé en pointant l'arme dans la direction de Franck.

— Mais, Franck, c'est mon ami, rien d'autre. Tu sais bien qu'il serait incapable de me toucher. Tu me l'as répété cent fois : « une vraie tantouze, ce Franck ».

L'espace d'un instant, j'ai hésité mais, alors que j'entendais les flics s'introduire dans la maison, sans plus réfléchir, j'ai tiré !

***

Ensuite, j'ai encore abattu le premier flic qui a tenté de pénétrer dans le grenier.

Puis, las de ce tumulte, tant extérieur qu'intérieur, j'ai retourné l'arme contre moi et j'ai appuyé sur la gâchette.

Le cancer, ça se soigne, j'espère que mon pote s'en est tiré !

Une rencontre improbable

C'est une de ces journées sombres et humides de fin février, une de ces journées déprimantes qui vous font rêver d'îles lointaines ensoleillées. Un vilain crachin, soutenu par un vent violent, s'abat sans discontinuer sur la ville depuis la veille.

Assise devant son portable, sur l'une des quatre chaises en plexiglas placées autour de la table ronde située au centre de la cuisine, Philippa, le regard éteint, observe deux pies dans le jardin qui tentent, vaille que vaille malgré les bourrasques, de se poser sur la pelouse afin d'y récupérer une croûte de pain lâchée par mégarde en plein vol par l'une d'elles.

Le précieux butin rattrapé par l'un des oiseaux, la femme, encore vêtue d'un pyjama bien qu'il soit déjà près de quatorze heures, détourne les yeux et, après avoir porté aux lèvres la tasse qu'elle tenait depuis tout un temps dans la main droite, avale, en soupirant, le fond de café froid qui y traînait encore.

À ce moment, Marina, allongée à ses côtés près du radiateur sur son coussin favori, émet un gémissement étrange. Alarmée, Philippa se penche aussitôt vers elle et, tout en l'abreuvant de paroles de réconfort, commence à la caresser tendrement. La pauvre chatte malingre, au poil terne et touffu, mais autrefois si belle, gracieuse et majestueuse, se met à ronronner doucement.

Philippa se remémore alors le jour lointain où Amédéo, ce merveilleux Amédéo, avait débarqué avec elle à la maison. Il l'avait trouvée, chétive et affamée, près d'une maison abandonnée juste à côté de la gare et, sans hésiter un seul instant, il l'avait ramenée. C'était un vingt juillet, jour de fête des Marina, aussi avaient-ils décidé de lui attribuer ce petit nom, à la résonance méditerranéenne, si éloignée de leur région froide et embrumée. Très vite, la chatte s'était imposée et, insensiblement, avait pris le pouvoir dans la demeure. Amédéo et Philippa s'en étaient amusés et accommodés avec plaisir et ils l'avaient chouchoutée comme l'on ne peut chouchouter qu'un être aimé.

À peine douze mois plus tard, Lorentz était né. De suite, la chatte l'avait adopté. Dès qu'elle l'avait aperçu dans son couffin, elle s'était approchée, l'avait reniflé et, après lui avoir léché les doigts, elle s'était blottie contre lui. Ils avaient hésité à intervenir. « Était-il bien convenable de laisser un animal dormir avec un nourrisson ? » Mais, comme Marina faisait partie de la famille, ils l'avaient laissé agir à sa guise. Et jamais, par la suite, ils ne l'avaient regretté car un lien unique, indéfectible même, allait unir cet enfant, leur unique enfant, à la chatte pendant près de quinze ans.

Puis, hélas, il y a onze mois, tout a volé en éclats !

Et depuis, la chatte dépérit.

« Un problème rénal, laissons-la vivre tant qu'elle ne souffre pas », lui a proposé le vétérinaire. Désarmée, Philippa n'a pu qu'accepter.

À présent, la mort rôde dans la maison.

« La conscience d'une fin imminente existe-t-elle chez les animaux ? » s'interroge souvent Philippa, en observant l'animal, sans réellement trouver de réponse.

Comme Marina ferme à présent les yeux et semble s'endormir, Philippa en profite pour se redresser et s'installer plus confortablement sur sa chaise face à l'écran de l'ordinateur. Pour tenter de dissiper les nuages noirs qui lui encombrent la tête, elle se connecte à internet et elle y prend connaissance des infos via le journal numérique auquel son mari avait souscrit un forfait à long terme à l'époque.

À vrai dire, le constat est implacable : le monde tombe en déliquescence. Philippa en est dévastée mais, comme tant d'autres, elle se sent tout à fait impuissante face aux événements tragiques qui s'y déroulent et la dépassent.

« Ma propre vie m'échappe, alors comment pourrais-je avoir une quelconque mainmise sur le monde qui m'entoure ? », pense-t-elle.

Après moins d'un quart d'heure, elle interrompt sa lecture déprimante et décide de se connecter sur Twitter, qu'elle consulte chaque jour. Twitter est devenu une échappatoire idéale à la douleur de son quotidien. Elle est abonnée aux publications de la plupart des personnalités connues qu'elle apprécie. Elle aime prendre connaissance chaque jour des messages courts que celles-ci déposent sur leur compte. Elle a l'impression de partager de cette manière un peu d'intimité avec chacune de ces célébrités venues de tous horizons et qui fréquentent des sphères tellement plus attirantes que la sienne.

Elle a ses favoris, ses amis, comme elle dit. Parfois, elle dépose un « j'aime » au bas des réflexions qui lui plaisent particulièrement. Occasionnellement, elle se permet même d'y laisser un commentaire. Jamais, jusqu'à présent, ceux-ci n'ont suscité de réponse. Mais, en fait, peu importe, cette fréquentation passive d'amis célèbres lui suffit. Elle en oublierait d'ailleurs presque que leurs mots ne lui sont pas personnellement destinés. Ces messages dans lesquels ils partagent leurs joies, souvent, leurs peines, parfois, suffisent à la combler. Et cela la rapproche forcément d'eux. Et cela lui procure un plaisir inouï quand elle s'aperçoit que ses idées s'accordent parfaitement avec celles des êtres qu'elle estime. Comme il est bon alors de ne plus se sentir seule au monde, de se sentir comprise... même sans s'exprimer.

Ensuite, Philippa ouvre sa messagerie. Quelques messages publicitaires, qu'elle efface aussitôt, y figurent, ainsi qu'un courriel du secrétariat de la clinique lui rappelant son rendez-vous avec le psychiatre pour le lendemain à quinze heures.

Elle soupire profondément. Pourra-t-elle un jour remonter à la surface sans aide ? Ce damné va encore se contenter de la gaver de neuroleptiques, elle en est sûre. Mais quand la laissera-t-on enfin tranquille ? Ah, il eut été si sage de la laisser disparaître !

Épuisée, elle quitte la cuisine, traverse la salle à manger, pénètre dans la chambre contiguë, ferme les persiennes, avale deux cachets avec un peu d'eau et s'affale sur le lit, bien décidée à y rester jusqu'au lendemain après-midi, peu avant l'heure de sa consultation avec le médecin.

***

Assis, le dos bien appuyé sur le chevet du lit au matelas dur — le genre de matelas qu'il préfère —, de la chambre de l'hôtel, deux étoiles, que Franck a réservée pour la nuit, Liam s'aperçoit fortuitement qu'une grosse tache d'humidité salit méchamment le papier peint au-dessus de la porte d'entrée jusqu'au plafond. Plutôt que de le contrarier, cette dégradation au mur le réconforte. À vrai dire, cette imperfection le rassure. Il abhorre ces chambres d'hôtel dans lesquelles tout est toujours trop parfait, où tout est toujours reconstitué, où que vous soyez, à l'identique.

Les yeux fermés, il récupère un peu. Bien qu'il se sente las et qu'il soit plus de minuit, inutile qu'il tente de s'endormir, il le sait. La tension du spectacle doit s'évacuer peu à peu.

Le public était réceptif ce soir. Ils ont ri comme des malades. Il n'y a pas à dire, son one-man-show est bien huilé.

Plus que six dates avant que la tournée ne s'achève, hélas. Car, s'il est épuisé et aspire à un peu de repos, il craint surtout le vide qui, inévitablement, suivra son retour au bercail.

Franck et Michel sillonnent les routes de France, de Belgique et de Suisse depuis près de six mois avec lui. Ils s'occupent de tout pour lui. Ils le lui répètent régulièrement : il doit avoir l'esprit uniquement occupé par les deux heures de scène. Être au top, deux heures sur vingt-quatre, point barre, voilà son programme ! Il se demande souvent comment ils s'organisent pour réussir chaque soir, à plus de vingt-deux heures, même en semaine, même en plein bled, à leur dénicher des restaurants où casser la croûte. Des génies de l'intendance, ces mecs.

Il ouvre une boîte de coca light sortie du minibar et le verse dans un verre. Après un moment d'hésitation, il résiste à la tentation d'y ajouter le contenu d'une mini-bouteille de rhum. Pff, trois cents bornes à parcourir demain !

Il consulte son agenda. Pas une télé, pas une radio dans les six mois à venir. Le vide sidéral. Rien de plus normal, en fait : maintenant que la tournée se termine, faut qu'il se fasse oublier un peu. Pas de surmédiatisation. Cela tue. On verra bien lors de la prochaine rentrée et ce projet de pièce de théâtre. Il croise les doigts.

Il se saisit de son iPhone. Il voudrait avoir quelqu'un à appeler. Mais on ne dérange pas des potes après minuit et, côté amour, ce n'est pas la joie depuis le départ de Judith, sa dernière amie, il y a plus de deux ans. Et les amourettes d'un soir, il en a bouffé. Plus pour lui, ce défilé continuel dans ses draps, nuit après nuit, de chair fraîche ou... moins fraîche.

Il se sent seul, horriblement seul ! Entre cinq cents et mille personnes l'applaudissent à tout casser lors de chaque représentation et, pourtant, sorti de scène, il est seul. Seul au monde. Cinquante-quatre balais et pas de moitié avec qui tout partager.

Mais sa situation ne l'étonne pas, au contraire : vivre avec un humoriste, même riche et célèbre, est d'un sinistre glaçant.

Il se branche sur Twitter. Il y dépose vingt secondes de la représentation. Vingt secondes d'applaudissements. C'est devenu une habitude. C'est totalement dingue : près d'un million quatre cent mille personnes sont abonnées à son compte. Des chiffres vertigineux !

Il lui vient l'idée de réaliser un gros plan de la tache sur le mur, de continuer à filmer en effectuant un rapide demi-tour et de terminer sur son visage souriant. Il y ajoute un commentaire : Elle n'est pas belle, ma vie d'artiste !

Il publie à minuit cinquante-quatre.

Quelques secondes plus tard, un premier « j'aime » a déjà été posté.

« Les gens sont donc effectivement toujours connectés », pense-t-il.

Par curiosité, il consulte alors le compte de la personne qui a réagi aussi rapidement. Elle se prénomme Philippa, se décrit comme une citoyenne du monde, écorchée de la vie, optimiste désespérée. Il découvre sur la photo de profil, le visage d'une femme d'une quarantaine d'années au regard sombre et énigmatique, aux cheveux châtains, bouclés et assez longs, lui tombant sur les épaules. Pour il ne sait quelle raison mystérieuse, il se sent aussitôt attiré par elle. C'est plus fort que lui, il faut qu'il la contacte !

Hypnotisé, il lui envoie un message privé.

***

Elle croit rêver.

Elle s'est éveillée vers minuit car la faim la tenaillait. La bouche ensablée — effet secondaire de ces foutues pilules —, elle s'est levée et s'est dirigée vers la cuisine. Dehors, la pluie avait cessé mais le vent, puissant, continuait de sévir et tourmentait méchamment dans la nuit noire.

Elle a ouvert le frigo et en a sorti trois œufs. Après les avoir cassés dans un saladier et battus à la fourchette, elle les a versés dans une poêle et s'est préparé une omelette baveuse. Elle l'a mangée à la table, de bon appétit, à même la poêle, et a bu, pour l'accompagner, un verre de vin blanc sec.

Elle s'apprêtait à retourner dans sa chambre quand, machinalement, elle a appuyé sur la touche « enter » de son portable. Quand l'écran s'est illuminé, elle a cliqué sur l'icône « Twitter ». Sa page d'accueil est apparue et elle a consulté le dernier tweet qui venait d'être posté, quelques secondes auparavant. Il émanait de Liam William, son humoriste favori. Il s'agissait d'un petit film d'une quinzaine de secondes dans lequel on le voyait furtivement, dans la chambre d'un hôtel dont le haut de l'un des murs était souillé par une énorme tache. Le tout était assorti du commentaire « Elle n'est pas belle, ma vie d'artiste ! » Elle trouva touchant d'apercevoir ainsi l'humoriste, l'air désespéré, tout aussi isolé qu'elle, et elle cliqua sur le petit cœur au bas du message. Ensuite, elle eut à peine le temps de lire le tweet précédent qui avait été émis, qu'une notification de message privé lui parvint. Surprise, elle en prit connaissance et lorsqu'elle s'aperçut qu'il avait été écrit par Liam, son cœur se mit à battre la chamade dans sa poitrine.

Elle croit rêver, mais elle ne rêve pas. Il a écrit :

« Chère Philippa, votre cœur me réconforte. Grâce à vous, ma nuit sera peuplée de rêves délicieux. J'aimerais sincèrement vous connaître. Liam. »

Les pensées se bousculent dans sa tête : lui répondre, vite, vite, avant qu'il ne coupe... Ne pas laisser passer cette occasion unique... Surtout, ne pas passer pour une gourde en lui sortant des niaiseries...

« Liam, vous qui m'avez si souvent, sans même le savoir, aidée à remonter la pente, serais comblée si je pouvais, à mon tour, vous être utile. »

À peine a-t-elle le temps de reprendre ses esprits que la réponse fuse :

« Philippa, ne vous méprenez surtout pas sur mes intentions qui sont on ne peut plus nobles, mais je sens qu'il faut nous rencontrer. Liam. »

Bien qu'elle soit charmée par ces messages, elle ne peut cependant s'empêcher de penser que le style utilisé pour les rédiger ne correspond absolument pas à celui attendu de l'humoriste qu'elle connaît. Elle aurait plutôt l'impression qu'ils émanent d'un homme de bonne famille, plutôt guindé.

« Détends-toi, je t'en prie, je ne suis pas la fille de la reine d'Angleterre », lui envoie-t-elle.

« T'as raison, mais tu m'impressionnes, c'est sûrement ton prénom », répond-il, avec l'émoticône d'un sourire en fin de message.

Pour la première fois depuis onze mois, elle revit !

***

Voilà, retour à Paris demain, pour la dernière date, et la tournée sera achevée. Il vient de laisser Franck et Michel au bar. Ils souhaitaient qu'il prenne un dernier verre avec eux mais, comme il est près de minuit, il a préféré regagner sa chambre. Il est content de sa prestation. Il a retrouvé, ces derniers jours, le punch indispensable à tout bon spectacle. Ce soir, il a eu droit à quinze minutes ininterrompues d'applaudissements. Le pied !

Il prend une douche. Dans une petite heure, il va rejoindre Philippa sur Twitter. En six nuits, ils se sont déjà échangé des centaines de messages privés. Ils essaient d'être concis. Fameuse gymnastique intellectuelle ! En fait, ils ont appris à se connaître avec peu de mots.

Elle a quarante-deux ans, habite seule une petite maison avec jardin, près de Lille. Elle travaillait comme consultante dans une grosse boîte de la région mais, depuis onze mois, elle est en arrêt pour maladie. En mars de l'année dernière, elle devait partir avec son gosse et son mari à Ténérife pour une semaine de vacances. Mais, alors qu'elle était aux toilettes, à l'aéroport, après l'enregistrement des bagages, la première bombe a explosé. Ils sont morts sur le coup. Depuis, elle tente, peu à peu, de remonter la pente.

Il doit bien avouer qu'au moment où Philippa lui a parlé du drame, il a failli couper instantanément la connexion. Il n'avait aucun désir de s'encombrer du malheur des autres. Il avait failli, égoïstement, sacrifier cette idylle naissante au profit de sa quiétude personnelle. Compatir, oui, mais de très loin. Comme l'on peut compatir au malheur des populations en guerre... entre la poire et le fromage. Puis, elle lui avait parlé d'éclaircie dans son ciel chargé et l'émotion l'avait submergé. Cette femme avait décidément quelque chose d'indéfinissable qui la rendait unique et indispensable.

Elle lui avait décrit le monde, étriqué, dans lequel elle vivotait. Il lui avait parlé, sans ambages, de l'univers factice dans lequel il évoluait ; de la vie, finalement très simple, elle aussi, qu'il menait quand les projecteurs s'éloignaient.

Tantôt, c'est décidé, il va lui proposer de lui parler, de vive voix, sur Skype. Il veut l'entendre, la voir, l'admirer. Il va lui proposer de le rejoindre demain soir au théâtre pour la dernière. Il demandera à Michel de se débrouiller pour lui réserver une place de TGV et il veillera à ce qu'un taxi l'attende à la gare. Il lui réservera une place de choix au premier rang. Il jouera pour elle. Rien que pour elle. Il veut qu'elle l'accompagne ensuite dans la demeure qu'il a pour habitude de louer durant quelques jours à la fin de chaque tournée. Ils y apprendront à mieux se connaître. Ils concrétiseront, de la plus belle des manières, tout en douceur, ce coup de foudre du vingt et unième siècle, né sur un réseau social de microblogage.

***

Peu à peu, les spectateurs s'installent. La rumeur grandissante des conversations dans la salle lui transperce les tympans.

Assise au premier rang, une angoisse sourde la tourmente. Depuis l'attentat, elle ne supporte plus la foule, le bruit, la promiscuité.

« Ces foutues pilules n'agissent plus. Que le rideau se lève, vite, très vite, avant que je ne détale », pense-t-elle, angoissée.

Quand il lui a proposé, la nuit passée, de se brancher sur Skype pour pouvoir, enfin, se parler, elle en a été déstabilisée. Oh, non que cela la dérangeât, au contraire, mais elle n'avait, en fait, pas la moindre idée de la façon dont elle pouvait se connecter !

Alors, il a fallu énormément de patience à Liam pour lui expliquer comment installer le logiciel sur son ordinateur et, ensuite, l'utiliser. Et tout cela par l'intermédiaire de messages courts ! Mais, miracle, il y est parvenu. Un homme, quoi !

Lorsque son visage est enfin apparu, souriant, sur l'écran, elle lui a lancé un regard éberlué.

« Je te rassure, je ne suis pas le Saint-Esprit », lui a-t-il dit.

Elle en a été tétanisée. Non par les mots, non par la voix — cette voix célèbre, suave, douce, reconnaissable entre toutes — mais bien parce que, pour la première fois, l'homme s'adressait directement et uniquement à elle, Philippa !

« Salut, Liam », lui a-t-elle répondu, bêtement.

« Salut, Philippa », lui a-t-il lancé, charmant.

Et elle s'est détendue. Et la discussion a, enfin, pu débuter.

Après avoir coupé Skype, plus d'une demi-heure plus tard, elle a paniqué.

Maintenant qu'elle avait, dans le feu de leurs échanges animés, accepté de le rejoindre le lendemain soir, elle se rendait compte des obstacles insurmontables qu'elle aurait à franchir avant de pouvoir, enfin, le serrer dans les bras.

« Le taxi, la gare de Lille, le TGV, la gare de Paris Nord, le taxi, le théâtre... »

Sur le moment, une bouffée de chaleur intense l'a envahie. Un instant, elle a bien cru s'évanouir.

Mais une voix intérieure l'a secouée. « Ce mec, disait-elle, surgi par hasard dans ta vie, t'a été destiné. Quoi qu'il doive t'en coûter, il est hors de question, Philippa, que tu le laisses s'échapper. Il est pour toi, et tu l'auras ! »

Alors, forte de cette résolution, elle s'est précipitée dans la salle de bains et y a renversé, dans le lavabo, le tiroir contenant tous ses produits pharmaceutiques. Après avoir tout retourné, elle a déniché une boîte de Xanax, dont la date de péremption était pourtant dépassée depuis plusieurs mois, mais elle a décidé que cela conviendrait.

« Deux ou trois pilules devraient suffire pour me calmer », a-t-elle pensé.

Puis, elle a pris ses cachets habituels et elle est allée se coucher.

Elle s'est levée vers midi et, après avoir pris une douche, elle a décongelé une pizza qu'elle a avalée de bon appétit. Sur sa messagerie, un certain Michel avait posté, comme promis par Liam, tous les renseignements et billets nécessaires au périple. Le train quitterait la gare de Lille Flandres à dix-sept heures. Cela lui laissait tout le temps. Elle a préparé son sac avec le nécessaire pour trois, quatre jours et elle a ouvert sa garde-robe pour y choisir les vêtements qu'elle porterait et emporterait. Il lui a fallu une bonne heure pour se décider. Ensuite, elle est allée trouver sa voisine Suzanne, une charmante octogénaire, toujours alerte, veuve depuis des lustres. Elle lui a demandé si elle pouvait s'occuper pendant une petite semaine de Marina. La femme a accepté de bonne grâce. Elle lui a donc remis le double de ses clés et elle l'a remerciée chaleureusement. Après, elle a avalé trois Xanax et a appelé un taxi pour rejoindre la gare. Dehors, la pluie avait cessé. Un faible soleil illuminait les rues. Elle a cru y déceler un signe du destin.

Pour autant qu'elle s'en souvienne, le parcours s'est déroulé sans anicroche. Sous l'influence des anxiolytiques, elle l'a réalisé dans un état de demi-conscience, l'esprit embrumé. On a dû la prendre, c'est sûr, pour une alcoolo.

Le rideau s'ouvre, il apparaît sur scène, sublime dans la lueur des projecteurs.

D'un coup, ses angoisses s'envolent.

Dans deux heures, il sera pour elle, rien que pour elle !

***

Après lui avoir réservé un triomphe, conclu par une salve prolongée d'applaudissements, le public s'est enfin retiré. Toujours installée sur son siège, Philippa est à présent seule dans la salle. Guère habituée à fréquenter ce genre d'endroits, elle ne sait où se rendre. Alors, elle attend. Anxieuse, elle attend qu'il vienne la chercher. Et à force d'attendre, le doute, inévitablement, s'insinue en elle.

« Et s'il m'avait oubliée », pense-t-elle subitement alors que la panique commence à la liquéfier. Impatiente, elle se ronge les ongles. Un mal puissant lui fracasse la tête. L'effet des médicaments, sans doute !

« Vous devez être Philippa ? » lui lance soudain quelqu'un, derrière elle, dans le fond de la salle.

Elle se retourne. Un homme mince, au visage émacié, au crâne rasé et âgé d'une cinquantaine d'années, la dévisage d'un air aimable. Il porte de fines lunettes qui lui procurent un air intellectuel.

« Oui », lui répond-elle, d'une voix de petite fille.

D'un pas leste, il la rejoint, et, tout en l'embrassant sur la joue, il se présente à elle :

« Salut, Michel, l'un des complices de Liam. La vedette vous attend dans sa loge. Il a bien cru que vous vous étiez débinée, vous savez. »

Devant son air ahuri, il éclate de rire.

« Ah, pas étonnant s'il a flashé sur vous », lui lance-t-il.

Elle déglutit, ne comprend pas le sens de la remarque, et ne sait que répondre à l'individu. Alors, elle lui sourit sottement.

Il n'insiste pas.

« Suivez-moi, ma belle », lui dit-il.

Elle se sent gourde, tellement gourde !

Après avoir emprunté tout un dédale de couloirs plus sombres les uns que les autres, ils arrivent enfin devant la porte de la loge. Sur celle-ci, un écriteau avec le nom de l'artiste est affiché. Michel ouvre sans hésiter et pénètre aussitôt dans la pièce exiguë, mais bondée. Un brouhaha joyeux règne dans le local. Elle y entre, impressionnée, la tête basse. Du regard, elle cherche Liam, sa bouée de sauvetage, mais ne l'aperçoit pas. À l'instant, une chape de plomb s'abat alors sur ses épaules. Elle imaginait un premier contact tendre, sensuel, en tête à tête et, au lieu de cela, une flopée de jeunes femmes, sapées comme pour un défilé de mode, pépient gaiement, dans cet espace réduit, un verre de champagne à la main, tout autour d'elle. Elle se sent moche, tellement moche dans son ensemble acheté au Prisunic pendant les soldes de l'année dernière. Elle se presse dans un coin. À ses côtés, quatre hommes sont occupés à rire comme des malades à la plaisanterie que vient de leur débiter l'un d'entre eux. Elle croit reconnaître en celui-là un célèbre présentateur mais elle n'en a cure. Elle attend impatiemment Liam. Son Liam ! Michel, son guide, a lui aussi disparu et personne, parmi cette foutue bande de zozos, ne semble la remarquer. Elle doit être invisible ! Elle a la tête qui tourne. De plus en plus de pensées sombres s'entrechoquent dans sa caboche. Elle pense soudain à Amédéo et à Lorentz et les larmes lui montent aux yeux. Elle n'en peut plus. Elle veut sortir, quitter immédiatement cet endroit déplaisant qui l'étouffe. Elle veut s'éloigner de ce monde, peuplé de cabotins imbus d'eux-mêmes, qui n'est pas le sien. Elle suffoque, hésite et, finalement, s'élance maladroitement. Alors, tout en bousculant quelques individus sur son passage, elle réussit à se frayer un passage sur quelques mètres et atteint, affolée, la seule issue possible de ce lieu sans fenêtres, de cet enfer. Elle poursuit ensuite sa course folle dans les couloirs, empruntés au hasard, et tombe finalement, miraculeusement, sur une sortie de secours.

Dehors, l'air frais, qui lui pique les joues, la revigore quelque peu.

Haletante, adossée au mur de façade à côté de la double porte d'entrée, juste en dessous des cadres géants renfermant les affiches annonçant les spectacles, elle récupère lentement.

« Mon Dieu, mais qu'avais-je donc pu imaginer ? » se demande-t-elle.

Les deux brasseries et le restaurant situés face au théâtre sont bondés.

Peu à peu, une rage sourde l'envahit. Elle pense :

« Conne, je suis la reine des connes. Ce séducteur à la noix m'a débité ses boniments pour tuer le temps au cours de ses insomnies. Et ce monsieur, du haut de sa toute-puissance, en guise de remerciements pour services rendus, m'a fait offrande d'une place gratuite au premier rang, transport inclus, évidemment, pour assister à son brillant spectacle. Et moi, comme une midinette, à plus de quarante balais pourtant, je me suis laissé entraîner dans sa combine à dix balles. »

Elle est honteuse. Elle se sent affreusement mal, se crispe des pieds à la tête.

Soudain, un taxi surgit sur la place.

Sans hésiter, elle le hèle et s'y engouffre mais, à peine installée sur le siège arrière, avant même d'avoir demandé au chauffeur de la conduire à la gare, elle s'aperçoit que, dans sa précipitation, elle a oublié de récupérer le sac contenant ses affaires, déposé lors de son arrivée, au vestiaire du théâtre !

***

Il pénètre dans la loge avec Franck.

— Ah, revoilà notre homme ! s'écrie joyeusement l'une des jeunes femmes en l'apercevant.

Il s'efforce de sourire et répond par un petit geste de la main. Lors de sa courte absence, l'ambiance est montée d'un cran. C'est à peine si l'on peut encore s'entendre. Il a beau chercher, il ne l'aperçoit pas immédiatement. Malgré le monde, il tente alors de rejoindre l'autre extrémité de la pièce. Il avance au ralenti car tous se l'arrachent pour le féliciter. Il remercie, s'excuse, avance d'un pas, remercie, s'excuse... Il en veut à Franck d'avoir organisé ce pot pour fêter la dernière. Il voudrait simplement la retrouver, et puis basta ! Mais il lui faut bientôt se rendre à l'évidence : elle brille par son absence. Il est désolé, abattu. Il se retourne, la porte s'est ouverte. Il distingue Michel qui, exubérant, rentre dans le local les bras chargés de bouteilles de champagne. Il n'en croit pas ses yeux : celui-ci est seul. À coups de « pardon », il rebrousse chemin et rejoint son ami.

— Où est-elle ? lui demande-t-il, d'un ton agressif.

—...

— Bordel, Michel, où est-elle ?

— Ben, je ne sais pas, moi. Elle était là, il n'y a pas trois minutes. Le temps que j'aille chercher quelques bouteilles de champagne dans la réserve et, comme tu vois, elle a disparu.

Son pote, insouciant, n'a pas l'air de se rendre compte du désastre.

— Mais Michel, tu dérailles, mec ! Tu l'amènes jusqu'ici, tu ne lui dis même pas que j'ai été obligé de m'absenter un petit quart d'heure pour signer quelques autographes et tu la laisses, seule, au milieu de cette bande de oufs. Mais tu l'as fait exprès, ou quoi ?

Michel le regarde d'un air ahuri et lui répond :

— Oh, ce n'est pas une gamine, tout de même, ta conquête, hein, Liam ! Elle est sûrement capable de se débrouiller sans qu'on doive lui tenir la main, non ? Toutes les provinciales ne sont pas des godiches, tu sais.

— Arrête, abruti, ou je te saute dessus, lui dit-il en aboyant.

Guère habitué à entendre Liam s'adresser à lui de manière aussi agressive, Michel comprend alors qu'il est temps de s'écraser. Il reprend, d'une voix réconfortante :

— Allez, ne t'énerve pas, Liam, on va la retrouver, ta dulcinée. Ne t'inquiète pas. Franck et moi, nous nous en occupons.

Profondément dépité, Liam lui répond :

— Merde, c'est foutu, elle est sûrement déjà loin. Et dire que je n'ai même pas son numéro de portable. Ah, tu m'avais habitué à mieux, Michel, à beaucoup mieux !

***

Philippa ouvre les yeux. Elle a dormi comme un loir, comme elle n'avait plus dormi depuis des lunes, sans la moindre pilule. Elle étire les bras, bâille, reprend peu à peu contact avec la réalité.

Le lit, dans lequel elle repose, est gigantesque, surmonté d'un baldaquin. Elle apprécie particulièrement le doux contact sur son corps des draps de soie qui glissent sur sa peau.

Apaisée, elle profite de l'instant, sans remuer le moindre orteil. Curieuse, elle observe attentivement la chambre qui, tout comme le lit, est immense. Outre la couche et deux tables de chevet, la pièce, plongée dans la pénombre, est meublée d'un secrétaire et d'une chaise en acajou, d'un guéridon sur lequel repose un lampadaire et de deux fauteuils massifs. Accrochée au mur tapissé, trône une peinture représentant un homme imposant, conquérant, en habits d'apparat.

Pff, à vrai dire, elle déteste cet aménagement et cette décoration, style Empire pense-t-elle avoir reconnu.

Elle se lève, nue, se dirige vers l'une des deux fenêtres et en tire les lourds rideaux bordeaux qui font écran à la lumière. D'un coup, le soleil pénètre la pièce, l'aveugle. Elle cligne des yeux, les ferme, les rouvre et, peu à peu, s'habitue enfin à la clarté éblouissante. La vue donne sur l'arrière de la propriété. Tout autour de la terrasse s'étend une pelouse, impeccablement entretenue, jusqu'aux épaisses haies de conifères bordant le jardin.

« Mais, bon Dieu, combien faut-il débourser pour louer ce type de demeure ? C'est complètement dingue ce truc », ne peut-elle s'empêcher de songer.

Elle repense alors à cette nuit complètement folle.

Elle se revoit nue sur le lit. Elle se souvient de ses caresses infinies, tellement douces, tellement délicates, tellement exquises. Elle le sent la pénétrer habilement, délicatement. Elle se remémore la montée du désir puissant, charnel qui, irrésistiblement, la submerge. Elle se revoit, au sommet de l'extase, lui labourer la peau du dos avec les ongles. Elle entend leurs cris, leurs gémissements. Elle se rappelle leurs moments de trêve, de récupération. Elle repense à l'instant où ils sont repartis pour la deuxième, pour la troisième fois, ensuite, à l'abordage. Elle songe à ce sentiment de plénitude qui l'a ensuite envahie alors que, comblée, elle s'endormait paisiblement à ses côtés.

Elle pleure maintenant. Elle repense à Amédéo, son homme, l'amour de sa vie. Oh, Seigneur, comme elle aimait jouir dans ses bras, comme elle aimait l'avoir près d'elle, comme elle l'adorait, tout simplement ! Elle repense à Lorentz ensuite, son petit bonhomme, fruit de leur amour, si gai, si charmant, si vivant !

Elle les revoit, et elle a honte à présent.

« Pardon, Amédéo, pardon mon chéri, mais tout cela m'avait tellement manqué ! » pense-t-elle.

Elle ferme les yeux, tente de se raisonner. Elle doit penser à elle, avancer, progresser car, qu'elle l'accepte ou non, ils sont morts, elle le sait !

Elle revient à elle, quitte la fenêtre et retourne s'asseoir sur le lit. Le calme qui règne dans la maison la surprend. Puis, après un moment, son regard se pose sur la montre de Liam, posée sur la table de chevet située de l'autre côté du lit, près du mur. Machinalement, elle se lève et contourne la couche pour se saisir du bracelet-montre.

Et, soudain, terrorisée, complètement dévastée, elle se met à hurler !

À ses pieds, Liam, la bouche ouverte, la main droite déjà bleue posée sur la poitrine, gît sur la moquette, les yeux grands ouverts, le corps recroquevillé !

***

Alors que Philippa pénétrait à nouveau dans le théâtre afin d'y récupérer sa valise, Franck tomba nez à nez avec elle.

Il la reconnut tout de suite car elle correspondait parfaitement à la femme décrite sommairement par Michel, son bien-aimé, quelques minutes auparavant : brune, grande, élancée, les pommettes saillantes, le nez aquilin.

Il ne la trouvait pas réellement belle, mais attirante. Au premier regard, se dégageait de cette femme un charme singulier, c'était évident. Après l'avoir découverte, et tout comme Michel avant lui, il ne s'étonna plus que Liam eût pu flasher sur elle à la vue d'une simple photo et à l'échange de quelques messages anodins.

Il lui demanda si elle se prénommait bien Philippa.

Elle s'arrêta net et elle le toisa de la tête aux pieds. Puis, avant de lui répondre, elle le fixa encore dans les yeux pendant quelques secondes de façon intense. Intimidé, il ne put supporter son regard et il détourna la tête.

« Oui », répondit-elle enfin.

Tout en bafouillant, il se présenta alors à elle et il se mit à lui expliquer que Liam désespérait de la retrouver, qu'il l'imaginait déjà repartie et qu'il en était dévasté. Il lui expliqua que son patron avait pourtant beaucoup insisté, auprès de son compagnon Michel, pour que celui-ci reste en sa compagnie au cours de leur courte absence. Il lui dit, pour conclure, que tout ceci n'était, en fait, rien d'autre qu'un énorme malentendu.

Il la vit se mordre les lèvres et hésiter.

Alors, il ajouta :

— Il vous aime, vous savez !

— Où est-il ? lui demanda-t-elle.

Il lui sourit.

— Venez, suivez-moi, lui répondit-il, heureux d'avoir pu la convaincre.

***

— Ne me joue plus jamais un tour pareil, lui asséna-t-elle avant même qu'il ait pu s'approcher et la serrer dans ses bras.

Il la regarda, tout penaud, ne sachant pas si elle parlait sérieusement.

— Bonsoir, ma chérie, lui répondit-il simplement, d'une voix presque inaudible.

Philippa trouva touchant de le voir aussi confus et désarçonné. Elle ne s'était pas trompée : derrière la vedette se cachait un être fragile et sensible.

— Pas terrible, ton explication, lui dit-elle, d'un ton déjà plus amène.

— Je suis sincèrement désolé, je...

Elle l'interrompit et lui intima, souriante :

— Si tu veux que je te pardonne, embrasse-moi sur-le-champ !

Étonné mais ravi, il s'approcha et s'exécuta.

Et c'est ainsi qu'ils échangèrent leur premier baiser !

Plus tard, après avoir bu quelques coupes, ils quittèrent le théâtre en catimini et se rendirent à la brasserie Lipp dans laquelle Franck avait réservé une table pour quatre à minuit.

Philippa s'émerveilla de se retrouver attablée dans ce temple de la vie parisienne dont elle avait tant entendu parler, au cœur de Saint-Germain-des-Prés. Liam, quant à lui, se sentait bien, tellement bien. Après cette tournée qui s'était achevée par un dernier triomphe, il allait enfin pouvoir décompresser et commencer, il l'espérait de tout cœur, une aventure merveilleuse avec cette femme singulière, qu'il était ravi de sentir heureuse, à ses côtés.

Le repas fut joyeux. Franck et Michel, qui avaient adopté Philippa immédiatement, papotèrent avec elle comme avec une vieille copine.

Puis, vers une heure, surpris par un énorme coup de fatigue, aussi brusque que violent, Liam s'éclipsa quelques minutes pour s'isoler aux toilettes. Comme cette journée avait été rude et que la nuit était loin d'être terminée, il décida d'y renifler une ligne de cocaïne, à l'abri des regards indiscrets. Alors, regonflé à bloc, il remonta les rejoindre.

Ensuite, vers deux heures, ils prirent la route. Michel qui, comme à son habitude, avait été sobre au cours du repas, s'installa au volant de la BMW de Liam et ils quittèrent aussitôt la capitale.

Philippa vivait un rêve éveillé. Tout au long du trajet, assise à l'arrière du véhicule, les yeux fermés, reposant sur la poitrine de son chéri, elle se laissa bercer par le bruit harmonieux du moteur. Avec sa tête qui se soulevait et s'abaissait au rythme lent de la respiration de son bien-aimé, elle aurait tant voulu que ce voyage se prolonge, encore, et encore.

Lui, sans remuer, de peur de la déranger, resta silencieux, tout simplement heureux !

Finalement, après un peu plus d'une heure d'un parcours sans encombre, ils arrivèrent, en plein cœur de la Beauce, dans la demeure majestueuse louée par Liam pour une semaine.

Tous désireux de se retrouver très vite en intimité, les quatre amis se contentèrent dès lors de partager rapidement ensemble une dernière coupe de champagne dans le salon avant de rejoindre, guillerets, leurs chambres respectives.

**

À peine entrée dans la chambre, Philippa réclama un moment à Liam et elle disparut, munie de son sac, dans la salle de bains.

Durant son absence, il en profita pour avaler, par précaution, un comprimé de Viagra. À vrai dire, il ne savait s'il avait réellement besoin de cette petite pilule bleue mais, vu son âge et son état de fatigue, il préférait éviter les pannes.

Elle ressortit de la salle d'eau uniquement vêtue d'une nuisette transparente noire qui découvrait des cuisses galbées et laissait deviner une petite poitrine bien moulée. Il s'approcha, l'attira sur le lit et, dès lors, très vite, leurs sens s'embrasèrent...

Après deux étreintes prolongées, il prétexta un besoin urgent et, tout en la laissant récupérer quelque peu, il s'éclipsa aux toilettes où, tout comme au restaurant, il se permit une ligne de coke.

Revigoré, il repartit aussitôt à l'assaut de sa compagne au désir inextinguible.

Quand, enfin, elle s'endormit, il se surprit à rire. Son contentement était énorme. Il ne se souvenait pas avoir connu une pareille félicité.

« Tout cela à cinquante-quatre ans ! », pensa-t-il, comblé.

Puis, alors qu'enfin il s'apaisait, une violente douleur, apparue brutalement, lui arracha la poitrine au niveau du sternum. Ensuite, très vite, le mal se propagea à la mâchoire et au bras gauche...

« Bordel, mon cœur ! », pensa-t-il.

Et, avant de s'écrouler comme une masse, il eut juste le temps de se dire :

« C'est donc si facile de mourir ! »

***

À la radio, dans le taxi qui la ramène à la maison, un journaliste interrompt l'émission en cours et annonce, dans un flash spécial, la mort, à l'âge de cinquante-quatre ans, du célèbre humoriste Liam William. La vedette serait décédée, dit-il, de mort naturelle, dans la propriété dans laquelle il était parti se reposer quelques jours après la fin de sa tournée.

Le taximan, un type d'une quarantaine d'années au regard fatigué, soupire. Il regarde Philippa dans le rétroviseur et il lui dit qu'il l'aimait bien, celui-là. Que, décidément, ce sont toujours les meilleurs qui partent les premiers.

Comme elle n'a ni le courage, ni le désir, de le contredire et de lui répondre, elle s'enfonce un peu plus profondément dans son siège et se contente d'un murmure incompréhensible et de deux, trois légers mouvements de tête affirmatifs.

Déçu par son manque de réaction, l'homme hausse les épaules, marmonne mais n'insiste pas.

À dix-huit heures, il la dépose devant chez elle.

Soudain, un pressentiment funeste l'envahit : Marina, ma pauvre marina !

Elle s'affole, peine à ouvrir la porte, y parvient enfin, abandonne son sac sur le seuil et se précipite dans la cuisine.

La chatte repose, les yeux clos, sur son coussin favori. Philippa se penche, désespérée d'avance, et se met à la caresser fiévreusement. Très vite, par bonheur, un léger ronronnement rassurant vient briser le silence pesant qui règne dans la pièce.

D'un coup, le poids qui s'était abattu brusquement sur ses épaules et qui, depuis, l'empêchait de respirer, s'envole.

Délivrée de cette angoisse irraisonnée, un fou rire la surprend soudainement.

Elle rit... Elle pleure... Elle rit... Elle pleure... Elle n'en peut plus.

Tout cela est trop. Bien trop pour elle !

Table

1. Pauvre Jack 9

2. Pourquoi es-tu vivante 43

3. Un endroit si tranquille 75

4. Les cris de la vieille 113

5. Le vilain crabe 133

6. Une rencontre improbable 163